KB112168

당신의 남자를
책을 읽게 만들어 드립니다

Comment faire lire les hommes de votre vie by Vincent Monadé
Copyright © 2017, Editions Payot & Rivages
Korean translation rights © 2020, Bookocean
This Korean edition was published by arrangement with Editions Payot &
Rivages through THE Agency

당신의 남자를
책을 읽게 만들어 드립니다

초판 1쇄 인쇄 | 2020년 7월 10일
초판 1쇄 발행 | 2020년 7월 17일

지은이 | 뱅상 모나데(Vincent Monadé)
옮긴이 | 유치정
펴낸이 | 박영욱
펴낸곳 | 북오션

편 집 | 이상모
마케팅 | 최석진
디자인 | 서정희 · 민영선

주 소 | 서울시 마포구 월드컵로 14길 62
이메일 | bookocean@naver.com
네이버포스트 | post.naver.com/bookocean
전 화 | 편집문의: 02-325-9172   영업문의: 02-322-6709
팩 스 | 02-3143-3964

출판신고번호 | 제313-2007-000197호

ISBN 978-89-6799-543-0 (03860)

이 도서의 국립중앙도서관 출판예정도서목록(CIP)은 서지정보유통지원시스템
홈페이지(http://seoji.nl.go.kr)와 국가자료공동목록시스템
(http://www.nl.go.kr/kolisnet)에서 이용하실 수 있습니다.
(CIP제어번호: CIP2020023985)

*이 책의 한국어판 저작권은 THE Agency를 통해 Editions Payot & Rivages와
 독점계약한 (주)북오션에 있습니다.
*책값은 뒤표지에 있습니다.
*잘못 만들어진 책은 구입하신 서점에서 교환해 드립니다.

프랑스 남자에게 통한 책 읽히는 방법이
한국 남자에게도 통할 것이다

당신의 남자를
책을 읽게 만들어 드립니다

뱅상 모나데(Vincent Monadé) 지음 | 유치정 옮김

북오션

독자라고 하면 으레 여성이다. 사실이다, 그건 너무나,
너무나 사실이어서, 바로 여성인 당신이 이 작은 책을 읽고
있는 것이다. 당신은 꿈꿔왔던 레페토[1] 신발을 포기한 채,
양팔 가득히 읽고 싶은 책, 열다섯 권을 안고 있다. 바로 당
신이 그렇다. 나는 당신이 손에 책가방을 들고 단골 서점에
서 나오는 모습을 상상한다. 당신은 행복한 모습으로 집으
로 돌아가고, 책 읽을 틈이 나기를 기대한다. 금요일 저녁일
것이다. 아이들은 스카우트 캠프에 갔거나 전 남편의 집, 조
부모의 집, 친구의 집에 갔다. 아이들에게서 벗어난 당신은
벌써 아이들을 떠맡은 아이들의 친구 엄마가 안쓰럽다. 저
녁을 준비할 필요도, 꾸지람을 할 필요도, 숙제를 챙길 필요

---

1 프랑스 명품 브랜드, 발레 슈즈를 제작했던 브랜드로 우아함과 편안함을 지향.

도, 학교에서 일어난 사소한 일을 두고 논쟁을 벌일 필요도, 전혀 없다. 아무 일을 안 해도 되는 평온한 이틀이다. 읽기에 전념할 수 있는 이틀이 생겼다. 행복하다.

현관문을 열고, 입구에 신발을 벗어던진 채, 포도주 한 잔, 맥주 한 잔, 차 한 잔, 아니면 달콤한 샴페인 한 잔, 뭐든 내키는 대로 준비한다(포도주 한 잔이면 주말에 해야 할 일들을 견딜 수 있다는 사실을 인정하자). 편한 트레이닝복, 목 짧은 양말, 실내용 슬리퍼, 색이 바랜 양털 조끼를 입는다. 눈 깜짝할 사이에 활동적인 여성에서 은둔형 좀비로 바뀌는 것이다. 그리고 잠시 침대로 들어갈지 소파에 누울지 망설인다. 약간의 의무감이 남아 있어서 소파를 택한다. 당신은 편한 자세로, 책이 든 가방을 열고, 이 책을 고를까 저 책을 고를까 즐거운 고민을 하다가 만족의 숨을 내쉬며 읽을 책을 결정한다(엘레나 페란테[2]가 첫 순위를 차지한다). 늘 마시는 포도주를 한 모금 마시고, 소설을 펴고, 책 속으로 사라진다.

우리 이야기는 여기에서 멈추고 다음 날 아침 다시 시작

---

2   엘레나 페란테(Elena Ferrante)는 이탈리아의 작가로, 고전 문학을 전공했다는 사실만 알려졌다. '엘레나 페란테'라는 이름도 필명이다. 《나폴리 4부작》이 대표작이다.

할 수 있다. 긴장이 풀리고, 생기 있고, 충분한 휴식을 취한 여성은 쾌활하게 한 주를 열 것이다. 방해꾼이 없었다면 말이다. 이틀 동안 끊임없이 당신의 독서를 방해하고, 소란스럽게 하거나, 외출하자고 하거나, 볼륨을 높여 텔레비전을 보거나, 불쑥 나타나고, 왔다 갔다 하면서 사람을 꼼짝 못하게 하는 방해꾼 말이다. 그 방해꾼은 축구 경기를 같이 보자며 친구들을 불러들이고, 허심탄회하게 본격적인 토론을 하자고 요구하고, 그런 와중에 자신에 대해, 일에 대해, 프로젝트에 대해 계속 말을 하다가 불쑥 생각난 듯 질문을 던진다. "좋아, 그런데 당신은 무얼 읽고 있는 거야?" 이어서 저자의 이름을 가지고 말도 안 되는 농담을 해댄다. 그의 존재만으로도 시공간이 혼란스러워진다. 그 존재는 남자다.

정말이지 남자들은 책을 읽지 않는다. 남자들을 비난하지는 말자, 아직은 말이다. 청소년기에, 소녀들이 존 그린[3], 《해리 포터》 또는 《반고[4]》에 심취해 있을 때도, 소년들은 아무

---

3   존 그린(John Green)은 삶과 사랑에 대해 깊이 있는 사유를 보여주는 젊은 미국 작가이다. 《알래스카를 찾아서》, 《잘못은 우리 별에 있어》, 《렛잇 스노우》 등을 썼다.

4   티모시 드 폼벨(Timothee de Fombelle)의 모험 소설

관심이 없다. 남자의 일생을 상상해 보라, 역시 마찬가지다. 비누 향기, 약한 곱슬머리, 앳되고 주근깨가 있는 얼굴이었던 유년기를 지나면 크로마뇽인의 모습이 된다. 어디에 써야 할지 모르는 팔과 다리 때문에 불편해하며, 악취를 풍기고, 망원경으로 들여다보면 보이는 달 표면의 분화구처럼 얼굴은 드문드문 패였다.

청소년기의 남자는 단짝 패거리들을 찾아내고, 거기에 소속되고 서열을 유지할 절대적 필요를 느낀다. 가장 위험한 일은 소녀(한편으로는 소년, 상관없지만 말이다)에 대한 관심을 발견하는 것이다. 어렸을 때는 이따금 시끄럽다 여기면서도 무시하던, 눈에 안 들어왔던 인류의 절반. 그랬던 소녀들이 소년의 모든 공간을 채워 버린다. 소년은 이제 소녀들만 보고, 소녀들만 꿈꾸면서, 안녕이라는 말조차 건네지 못하면서 걸핏하면 자위를 한다. 그렇다. 몸 바치고 싶고 사랑을 나누고 싶은 욕망 때문에 혼란스럽고, 불편하고, 지치고, 낙담하고, 몽롱해진 남자, 미래의 아담은 읽기를 관두고 만다.

그리고 이십 년 후, 그런 남자를 묶어둔 족쇄를 제거해 버려야 하는 사람이 바로 당신이다. 그렇다고는 해도, 사실 소설과 독서의 경험을 공유하는 것, 당신이 가장 최근에 심장 떨리게 읽은 책을 그에게 전달하는 것, 그가 갖고 있는 책을 읽는 것, 그를 만족시켜줄 바로 '그' 책을 찾으려고 서점을 뒤지고 다니는 것, 책을 연인처럼 여기면서 독자로서 사랑하는 것은 엄청난 기쁨일 것이다. 함께 책읽기에 빠져 시간을 보내면서, 단지 사랑을 나누거나 가볍게 먹거나 마시기 위해서만 책읽기를 멈추는 것이다!

당신이 지금까지 한 노력을 인정하자. 얼마나 오래 전부터 당신은 공을 쫓으며 뛰는 스물두 명[5]의 바보들에게 열광한 척했는가. 그럴 바에는 그 바보들 각자에게 하나씩 공을 주는 편이 훨씬 간단할 텐데 말이다. 당신은 그의 어머니, 그의 친구, 그의 관심사, 달콤한 포도주를 향한 그의 정열 − 결국, 그의 '남성다움' − 을 기꺼이 참아냈다. 그리고 그의 자식들까지(그렇다, 물론 당신 자식들이기도 하다. 하지만 이따금, 남편을 빼닮은 나쁜 점들이 보인다). 실컷 책을 읽으려고 기대했던 주말을 망치고 기껏해야 밤을 새워가면서 소설 삼십 페이지를 읽는 정도로 그치고 마는 일이 반복되면, 대응할 때가 된 것이다.

---

5 각 열한 명씩 두 팀이 하는 축구 경기를 말한다.

남자는 희망 없는 존재가 아니다. 긴 세월 '르 몽드[6]', '파리 마치[7]', '프랑스—풋볼[8]'. '웨스트 프랑스[9]'를 읽어온 그의 내면에는 미학자, 감식가, 문학청년이 잠들어 있다. 그는 마침내 《특성 없는 남자[10]》와 같은 차가운 면모, 고독하고 냉소적인 모습을 갖출 것이다. 즉 '독자'가 될 수 있는 것이다.

안심하라! 그를 박식하고 재미있는 장 도메르송[11]처럼 만들어 폴 포그바[12]만큼 시급을 받고 문학 전문지 '르뷔 데 되 몽드(Revue des Deux Mondes)'에 독서 노트를 기고하게 할 필요까지는 없다. 다음 여름휴가에서 더 이상 지금 같은 모습만 보이지 않으면 된다. 펜션에서 꼼짝도 안 하거나 살인적인 더위의 텐트에서 땀을 흘리면서, 전에 스포츠

---

6   파리를 대표하는 진보적 언론

7   프랑스 최대 대중잡지

8   1946년 프랑스에서 창간한 축구 잡지. 전 세계의 축구를 다루며 축구선수에게 최고의 영애인 발롱도르(Ballon d'Or)상을 수상하는 것으로 유명하다.

9   1944년에 창간한 프랑스 지역지. 지역지지만 전국 최대의 발행부수를 자랑한다.

10   로베르토 무질(Robert Musil)의 소설. 20세기 모더니즘의 걸작이라 불리는 소설로, 특성 없는 남자는 제목과 다르게 깊은 사유가 특성이다.

11   프랑스의 철학자, 작가, 저널리스트, 종신직인 아카데미 프랑세즈(프랑스 학술원) 회원이다.

12   프랑스 출신 축구 선수. 현재 맨체스터유나이티드 소속.

일간지 '레키프[13]'를 읽던 것처럼 《전쟁과 평화》를 읽을 것이다. 열렬하게, 격렬하게, 필사적으로. 남자는 단순한 존재다. 언제나 그의 동반자보다 꾀가 없고 섬세하지 못한데다 늘 따르던 법칙에 복종한다. 그를 어떻게든 가사에 참여하게 하고, 아이들 교육에 관여하게 하고, 책을 읽는 사람으로 만드는, 확실하고도 오래된 기술이 존재한다. 남자는 일종의 '스도쿠[14]'와 같다. 처음에는, 풀리지 않는 존재처럼 보이지만, 이어서 일단 제어의 틀이 생기면, 단번에 풀리고 만다.

이 책은 당신의 남자를 다음 세기의 움베르토 에코[15]로 만들 수 있는, 아주 실용적이고 지속적이고 능숙한 몇 가지 방법을 제시하는 것 외에 다른 야심이 없다. 그 방법은 그를 고대 알렉산드리아 도서관의 사서로 만들고, 베르나르 피보(Bernard Pivot, '아포스트로프Apostrophes[16]'의 예전 진행

---

13 프랑스 전역에서 발간되는 스포츠 신문. 루트 드 프랑스를 개최한 '로토'의 후신이다.
14 Sudoku, 숫자 퍼즐 게임
15 기호학자, 철학자, 소설가. 《장미의 이름》, 《푸코의 진자》 등의 작품이 있다.
16 책을 다루는 프랑스 TV의 토크쇼

자. 공쿠르 상의 심사 위원장, 나를 포함해 무수히 많은 사람들을 책을 읽게 만든 인물이다)를 까막눈이로 보이게 할 만큼 눈부신 달변가로 만드는 방법이다. 결국, 책을 읽고, 책을 이해하고, 공유하는 사람으로 만드는 것이다.

아무것도 잃을 게 없다. 이 여행의 끝에 이르면, 당신은 남자에게 책에서 그만 얼굴을 떼고, 개를 데리고 산책하러 나가라고 불평하게 될 것이다. 아니면 소용없어진 텔레비전을 팔거나 중고장터에 들어가 스포츠 채널 유료 시청권을 넘길 것이다. 그리고 부탄의 국내 총생산에 맞먹는 규모로 책을 사들일 것이다. 여러분, 남자도 읽을 수 있답니다. 방법을 살펴보실까요.

일러두기

- 각주는 모두 역자, 편집자의 주석입니다. 국내에 출산된 서적은 역자와 출판사를 표시하였고, 미출간된 서적은 최대한 설명하려고 노력했습니다.
- 각장 말미에 한국적 상황에 맞는 도서를 추천했습니다.

contents

단순하게 시작하라
스포츠신문은 책이 아니지만

이것만으로도 벌써 좋은 시작이다

그날 저녁, 그는 도처에서 출몰한다. 구릿빛 피부, 어깨까지 늘어뜨린 곱슬머리, 검은 눈동자, 캐리 그랜트[17] 같은 보조개, 흰 반바지, 초록 티셔츠, 미용사를 당황시키는 눈썹이 있는 그리스 목동 같은 남자를 상상해보라. 나이는 스무 살에서 스물한 살이다. 그를 본 이후에는 어떤 축구 선수도, 심지어 칸토나[18]조차 그만큼 멋지지 못하리라. 그는 회전하고, 몰려가고, 걷어찬다. 그것은 바로 《일리아드》의 이야기와 같다. 신들, 운명, 우주가 그에게 맞선다. 생테티엔[19]은 바이에른 뮌헨을 상대로 한 유로피안컵 결승전에

17　영국 태생의 헐리우드 배우. 〈북북서로 진로를 돌려라〉 등의 대표작이 있다.
18　에릭 칸토나. 프랑스 출신으로 맨체스터 유나이티드의 주장까지 한, 다혈질로 유명한 축구선수.
19　리그1 소속의 프랑스 축구팀. 1975~76 시즌 유로피안컵 결승에 진출했으나 바이에른 뮌헨에 패배한다.

서 패배한다. 그러나 도미니크 로쉬토[20]는 전설이 되어, 그의 애칭대로, 영원히 앙주(천사)로 남았다.

마흔 살이 넘은 남자라면 이 이야기를 모를 수 없다. 그리고 서른이 넘은 남자라면 누구도 지단의 헤딩 사건[21]을 담담하게 회상할 수 없다. 남자들은 그렇다. 비록 그들이 스포츠를 몹시 싫어하고, 축구 경기를 결코 보지 않는다(아니면 오직 월드컵 경기만을 본다거나)고 주장하면서 당신을 유혹하더라도 그렇다. 비록 그들이 킴 카다시안이 방돔 광장[22]에 있는 보석상에서 보내는 시간보다 더 오래 소파에 들러붙어 지내는 인간이라고 해도 말이다. 비록 당신이 겁에 질려 가장 가까운 응급실의 전화번호를 찾아야만 "운동을 다시 시작해야겠어"라며 조깅을 시작하려는 사람이라고 해도 말이다. 남자들은 스포츠를 몹시 좋아한다.

---

20 셍테티엔의 스타 플레이어. 그러나 부상 때문에 유로피안컵 결승에는 후반 8분을 남기고 교체 투입됐다.

21 2006년 월드컵 결승에서 이탈리아와 맞붙은 프랑스의 주장인 지네딘 지단이 1대1로 맞서던 연장전 전반 상대편 선수인 마테라찌의 가슴에 박치기를 하고 퇴장당한 사건. 프랑스는 경기에서 패배해 준우승에 머물렀다.

22 Vendôme. 면세점, 사치품점이 모여 있는 파리의 광장.

당신의 남자가 '레키프', '프랑스 풋볼', '미디 올렝피크'를 읽지 않을 가능성은 제롬 카우작[23]이 진실을 말하는 것을 듣게 될 가능성과 거의 비슷하게 낮다. 그들이 스포츠 채널에 열을 올리고 가입하고 있다 해도, 아니면 좀 더 신중하고 드러나지 않게 인터넷으로 프랑스 선수권을 시청하면서 초연한 척 꾸며도, 남자들은 그들끼리 있으면 여자나 섹스에 대해 말하는 것보다 훨씬 더 많이 스포츠에 대해 말한다. 여자나 섹스는 물론 흥미롭긴 하지만 절실하다고는 할 수 없는 주제다. 얼마나 많은 남자의 우정이 '올렝피크 드 마르세유' 팬인가, '파리 생 제르망' 팬인가 때문에 깨지는가? 우사인 볼트가 약물에서 아주 깨끗한 사람인가, 아니면 그도 약물이 몸에 쌓여 있는가. 그 체육인의 영광을 논하다가 얼마나 많은 주먹다짐이 오가는가?

이런 사실이 당신을 짜증스럽게 한다. 당신은 그가 주의 깊고, 섬세하고, 당신을 위해 체코의 낭만주의 시를 낭송해

---

23 세금을 책임지는 프랑스 재경부장관이었으나, 본인이 외국에 계좌를 개설하고 세금을 회피한 혐의로 징역형을 받았다.

주기를 원하는데, 매일 저녁마다 되풀이되는 그의 히스테리("패스하라고, 젠장", "슛, 슈—웃"), 상대편을 향한 욕설, 심판단 전체에 대한 비난을 참아야 한다. 유감스럽게도 초대받아 온 그의 친구들이 당신네 소파에 앉아 그의 바통을 넘겨받아 똑같은 짓을 되풀이한다. 그들은 전부 한통속이 되어 그 구역에서 제일 바보라고 소문난 아이큐 제로의 얼간이가 되려고 기를 쓴다.

이 스포츠 광을 열혈 독자로 전환시키고자 내가 스포츠와 관련된 비유를 사용하는 것을 용서해 달라. 유도하라. 2018년 월드컵 결승에서 프랑스와 독일의 대결[24]이 벌어지는 저녁에, 그는 감미로운 기분에 젖어 《잃어버린 환상[25]》을 읽는 일에 빠져 있을 것이다. 그의 힘을 역이용해서 맞서라. 그가 스포츠를 사랑한다고? 바로 이런 취향을 이용해 소설책을 펼치고 독자가 되는 긴 여정으로 그를 이끄는 것이다.

---

24 저자의 예상이었다. 실제 결승에는 프랑스와 크로아티아가 진출했다.
25 오노레 드 발자크의 소설. 국내에는 서울대출판부에서 출간한 번역서가 있다. 플로베르와 도스토예프스키, 헨리 제임스 등에게 영향을 준 소설로 알려져 있다.

당신의 남자가 '레키프'만 읽는다고? 당신은 그저 기뻐해야 하는 것이다.

소리 내어 당신의 기도문을 외워라. '그가 읽기는 하는구나.' 결코 판단하지 말고, 독자가 되려는 그의 선택을 결코 비난하지 마라. 학교나 성당에서 훈계하는 것처럼 "책을 읽어야 한다. 나머지는 다 쓸데없는 것이다"라는 식으로(제대로 이해를 하자면, 이 나머지가 인기 있는 일이다), 귀 따가운 훈계를 늘어놓지 마라. 그저 좋은 책 또는 나쁜 책이 있을 뿐이다. 나쁜 책이라도 읽는 편이 전혀 읽지 않는 편보다는 낫다.

게다가 그는 프랑스 언론 가운데 가장 좋은 것 중 하나를 읽는다(웃지 마시라). 신문에 쓰인 언어가 관건인데, 앙투안 블롱댕[26] 이후, 뱅상 뒬뢰(스포츠 관련 위대한 저널리스트이자 영광의 인물에 관한 연대기 작가)이 복무하고 있는 '레키프'는 결국 프랑스 언론에서 발행되는 정기 간행물 가운데 가장 문학적이다. 남자, 네안데르탈인의 독서를 끝없이 비난하

---

26 후사르 문학 운동에 참여했으며, 레키프에서 스포츠 칼럼니스트로 활동하기도 했다.

기보다 차라리 스포츠 경기를 찬양하라. 그것이 최후의 보루다. 아킬레스, 케이사르, 아브라함이 아버지가 된 나이에 다시 챔피언이 된 로저 페더러[27]와 같은 새로운 영웅의 대기록에 관심을 가져라. 그리고 상대가 스타팅 블록에 있는 동안 약을 먹는 선수처럼, 꾀를 내어서 그가 스포츠에 관한 책을 읽게 만들 준비를 하라. 실제로 스포츠를 다룬 아주 좋고 대단한 책들이 있다. 당신은 축구와 그것이 야기하는 열광이 공룡 시대의 비정상적인 잔재이거나 빙하 시대에 떨어진 거대한 운석의 믿을 수 없는 잔존물이라고 생각한다. 하지만 축구는, 그렇다, 축구는 여러분의 친밀한 적이다. 파괴적인 성충동을 일으키고 배가 나오도록 맥주를 마시게 하는 존재처럼 보이는 축구가 작가의 영감을 불러일으키고, 경이로운 책을 세상에 안긴다. 축구는 처절한 태클은 물론 그들의 패배와 눈물, 비록 졌지만 애인, 용사, 상냥한 친구 곁으로 돌아오는 자랑스러운 영웅 이야기로 결론을 맺는 엄청난 서사시들을 가지고 문학을 풍요롭게 만든다.

---

27 스위스의 테니스 선수. 237주 동안 세계 랭킹 1위를 유지했다.

어느 토요일, 그에게 '레키프'와 반짝이는 주간지를 사다 줘라. 그에 앞서, 아스날의 팬으로서 축구에 대한 정열을 익살스럽게 쓴 소설 닉 혼비의 《피버 피치[28]》를 사라. 집으로 돌아와서, "내가 당신에게 책을 한 권 줄게"라든지 "당신은 이 책을 읽어야 할 거야, 축구에 대한 책이라고, 정말이라니깐"이라고 말하지 마라. 그건 아니다.

책을 읽지 않는 남자에게 질린 모든 여성이라면 그 사실을 알고 있다. 남자, 이 배은망덕한 존재는 그에게 주는 책을 결코 읽지 않는다. 비록 그가 받으며 기쁜 척해도, 가젤들이 자주 찾아오는 수원에 굳이 나타난 자칭 채식주의 사자처럼 미덥지 못하다. 당신이 선물한 책은 침대 옆 협탁에 놓인 채 먼지를 뒤집어쓰고 있다가, 어느 날인가 순결을 간직한 그대로, 그래도 버릴 수는 없어서, 서재의 책장으로 옮겨진다.

당신은 한 마디도 하지 않고 신문과 모닝커피 그리고 그

---

28 평생을 축구에 웃고 축구에 울며 살아가는 잉글랜드 열혈 팬의 이야기. 국내에 문학사상사에서 출간한 번역판이 있다.

책을 남자 앞에 놓고 기다린다. 그가 소리를 지를 것이다(사실 남자는 변기의 한가운데에 소변을 볼 때처럼 소리 지르기를 좋아한다. 이럴 때 소리를 내는 것은 자신의 힘을 강조하기 위한 것이다). "이 책은 어디에서 난 거야?" 잡지와 함께 내밀며 간단히 대답하라. 사실 당신의 남자가 '랑' 법안을 알고 있을 확률은 거의 없다. 그 법은 친절하게도 이런 종류의 프로모션을 금지한다(1981년 도입된 랑 법안은 도서정가제를 실시하고 판매 촉진을 위한 상업적 활동을 엄격하게 규제한다). 그리고 덧붙여라, 미묘하고, 짓궂고, 의기양양해진 목소리로. "내가 흘낏 보니 축구에 대한 책이더라, 그러니 아무 재미없겠지 뭐"라고 말하라. 그렇게 열혈 축구 팬의 호기심을 자극하고, 당신이 얼마나 잘못 생각하고 있는지 지적해주기 좋아하는 남자의 에고를 이용해 미끼를 단 낚시 바늘이 달린 낚싯줄을 당기는 것이다. 그는 미끼를 물어 책을 읽을 것이고, 걸려들 것이다.

사실 아주 드문 일이기 하지만, 당신의 남자가 축구를 좋아하지 않고, 자전거, 럭비, 육상 같은 다른 운동에 빠져 있을 수 있다. 걱정할 것 없다. 아주 드문 일이지만 가능하기는 하다. 이런 경우에도 역시 서점에는 어렵지 않게 구할 수 있는 유용한 대안들이 있다. 장 에슈노즈의 《달리기[29]》, 닉 토시즈의 《밤기차[30]》, 에릭 포토리노[31]의 《자전거에 대한 작은 예찬》, 슬며시 그의 손에 들어가게 만들 좋은 책이야 얼마든지 구할 수 있다.

누가 알겠는가, 당신이 '르 코티디앵[32]'의 스포츠 뉴스를 보게 될 수도 있을 것이다. 아니 봐야 할 것이다. 나는 서른 살 때부터 그것을 봤는데 결코 질리지 않는다. 사실 《모비 딕》과 《방투 산[33]》의 차이는 아주 작다.

그를 유혹하기 위하여

닉 혼비, 《피버 피치》, 2010 (축구)

---

29 2차 세계대전 당시, 달리기를 사랑한 한 청년의 이야기. 국내에 열린책에서 출간한 번역본이 있다.

30 권투 선수, 소니 리스톤의 생애와 아메리칸 드림의 어두운 이면을 그린 소설. 국내에 출간되지 않았다. 원제는 Night Train.

31 프랑스의 저널리스트이자 작가. 국내에 출간된 책은 없다. 원제는 Petit eloge de la bicyclette.

32 TMC 방송의 사회풍자 프로그램

33 프랑스 프로방스의 가장 높은 산으로 유명 사이클 대회인 '투르 드 프랑스'의 험난한 구간에 해당. 여기서는 '레키프'가 그 대회와 관련해 발행하는 책을 말한다.

다비데 파스쿠티, 《파우스토 코피[34]》, 2013 (사이클)

그를 길들이기 위하여

프랑수아 베고도, 《정확하게 경기하라[35]》, 2003 (축구)

닉 토시즈, 《밤기차》, 2002 (권투)

함께 읽기 위하여

데이비드 피스, 《빨강이 아니면 죽음을[36]》, 2014 (축구)

알베르토 살세도 라모스, 《황금과 어둠[37]》, 2016 (권투)

 도서 추천

한국 남자라면 프로야구가 더 익숙한 스포츠일 것이다. 한국 남자에게는 《삼미 슈퍼스타즈의 마지막 팬클럽》(박민규, 한겨레출판)을 추천한다.

---

34 이탈리아, 국내 미출간, 원제는 Fausto Coppi.

35 프랑스, 국내 미출간, 원제는 Jouer juste.

36 영국, 국내 미출간, 원제는 Red or Dead.

37 콜럼비아, 국내 미출간, 원제는 El oro y la oscuridad.

Frenchman

고양이를 사자로
만드는 방법

헌병대 지휘관이었던 전직 장교 잭 리처[38]는 키 190센티미터, 몸무게 90킬로그램에, 마린 르 펜[39]의 사상만큼이나 위험하고 치명적인 매력의 소유자다. 그는 자신과 맞지 않는 사회와 연을 끊고 걸친 것 이외에는 아무것도 가진 것 없이 미국 전역을 누비며 악행을 바로잡는다. '잭 리처' 시리즈에서 그는 스테로이드를 맞고 근육을 강화한 성난 거인과 맨손으로 싸우며, 기관단총이나 단도, 리볼버로 악당들을 처형한다. 죽음의 위기에서 빠져나가고, 어떠한 가망도 없어 보일 때 나타나 미망인(대개 그녀는 매력적이고, 그에게 사랑을 느낀다)과 부모를 잃은 소녀(그녀 역시 매력적이고,

---

38　리 차일드 소설에 나오는 가상의 헌병장교이자 탐정.
39　프랑스의 극우정당인 국민전선(FN)의 당수.

그에게 사랑을 느낀다)를 구한다. 그러고는 다시 길을 떠난다. 이 점을 명심해야 한다. 모든 남자 안에는 잭 리처가 잠들어 있다. 그것이 핵심이다.

　비록 당신의 남자가 큰 보험회사의 경영관리 부서에서 일하고, 세상에서 가장 안전한 자동차라는 이유로 볼보를 타고 다니며, 일을 시작한 첫날부터 퇴직을 대비해 저축 계획을 세우는 사람이라 하더라도, 스물세 살의 그는 길들여지지 않는 영웅을 꿈꿨다. 그는 자신이 끔찍한 화재 현장에서 열다섯 명을 구해내는 상상을 하며 잠에 든다. 그가 비록 당신이 피부에 박힌 가시를 빼줄 때마다 아찔해하고, 면도날에 베였다고 기절하려 하며, 못 하나 박을 때마다 손에 물집이 잡히는 사람이라고 해도 말이다. 그는 존 맥클레인이다(바로, 〈다이하드〉에서 브루스 윌리스가 맡은 역이다). 세 발의 총알이 몸에 박히고, 단도에 두 번이나 찔리고, 유리에 양발을 베이고도 꿋꿋하게 서서 승리하고 마는 맥클레인 말이다. 그의 배는 튀어나왔고 머리는 사하라 사막이 커지는 속도에 맞춰 벗겨지더라도, 조상들이 막대기에 날카로운 돌을 꽂아 검치호랑이를 몰아낸 것과 달리 심약한 그가 신상 아이폰을 사냥하더라도, 현대의 남성, 즉 당신의 남자는 서사시를 필요로 한다. 자신을 영광으로 감싸줄 위험한 평원과 맘바 독사처럼 위험하고 강렬한 적수를 필요로 한다. 그는 토끼처럼 살면서 늑대를 꿈꾼다.

내가 어렸을 때, 할머니는(낫을 든 사신이 불청객처럼 찾아와 할머니를 데려갈 때까지 나를 무척이나 사랑해주셨다) 오래돼 좀먹은 융단을 가지고 원시인 옷을 지어주셨다. 융단은 합성이었지만 특이한 동물 가죽을 본뜬 것이었고, 옷에는 고리 모양의 털 뭉치가 달려 있었다. 나는 거의 벌거벗은 것과 다름없는 상태에서 그 요란스런 옷만 걸친 채로 상아 칼을 찼다. 그 기질은 또한 전투적인 활동가였던 부모님께서 일요일마다 시장에 나가 팔던 〈피프 가제트[40]〉를 보고 손에 넣은 것이었다(공산주의자 부모님을 갖는 기회가 아무에게나 찾아오는 것이 아니다).

나는 키 102센티미터, 몸무게 23킬로그램에 안경을 쓰고 있었다. 사팔뜨기여서 러시아와 우크라이나 사이가 가깝게

40　프랑스 유명 만화 잡지

보일 정도였다. 나는 또 척추측만증이어서 우리 집안의 주치의가 자기 학생들에게 보여주겠다며 사진을 찍어가고는 했고, 외반슬(그렇다, 나는 무릎도 사팔뜨기였다) 때문에 교정용 신발을 신었으며, 질병이 생기면 최초로 걸렸다. 놀림받고 이리저리 떠밀리며 매정하게 거절당하던 초등학교 생활은 지옥과 같았지만, 그럼에도 집에서 원시인 옷을 입은 나는 원시 시대의 아들, 라앙[41]이었다. 나는 부모님 소파의 쿠션에 몸을 던지며 폴란드제(공산주의 형제 국가를 도와야 했다) 플라스틱 칼을 꺼내들었고, 가련한 쿠션 커버의 끄트머리들을 난폭하게 찔러댔다. 쿠션은 갑자기 악어가 되었고, 때로는 매머드, 사자, 호랑이가 되었다. 야수들은 어찌할 바를 모르다가 결국 겨울의 어느 일요일, 길게 토해낸 털 뭉치와 함께 자기 영혼을 내놓았다.

나는 여전히 이러한 아이로 남아 있다. 모든 남자는 어린아이다.

---

41 〈피프 가제트〉에 게재된 프랑스 만화 시리즈물의 주인공 이름. 용맹하고 지혜롭고 충실하다.

물론 잘 알고 있다. 당신은 그가 《폭풍의 언덕》을 재밌게 읽기를, 당신처럼 열다섯 살에 히스클리프와 캐서린[42]의 사랑 이야기에 열광하기를 원할 것이다. 《바람과 함께 사라지다》에서 불타는 타라 농장을 보며 몸을 떨고, 《마담 보바리》를 탐독하며 엠마와 샤를 사이에서 태어난 딸의 비참한 운명에 충격받기를 원할 것이다. 그러나 그런 일은 일어나지 않을 것이다. 그는 남자이기 때문이다. 레스토랑에서 낚싯줄로 잡은 바다농어 대신 등심 스테이크를 시키고, 그릴에 구운 다랑어 대신 카술레[43]를 먹는다. 그는 감자튀김과 베어네이즈 소스[44]를 곁들여 홀로 '밀바슈 농장[45]'의 가축을 전부 먹어치우는 인간이다. 그는 섬세하지 않다. 〈타이타닉〉이 한없이 길다고 생각하고(실제 그렇다), 난파 사건을 제외하면 별다른 내용이 없다고 여기며(이 역시 그러하다), 〈브리짓 존스〉 시리즈와 〈라라랜드〉를 혐오한다.

여성들이여 이 남자, 회계 부서의 스탤론, 교육부의 휴

---

42 《폭풍의 언덕》의 주인공.
43 콩과 고기를 넣어 만든 스튜.
44 백포도주와 버터 등으로 만든 소스. 주로 고기와 함께 먹는다.
45 프랑스 최대 농장. 낙농 산업화의 상징.

잭맨, 가전제품 판매부의 제이슨 스타뎀에게 필요한 것은 단단한 것, 거친 것, 강해 보이는 문신 같은 것이다. 쉴 새 없이 몰아쳐서 자리를 떠날 수 없게 만드는 소설이, 〈매드 맥스[46]〉조차 빈 출신의 나이 든 두 지식인 간의 사랑 영화로 보일 정도로 난폭한 것이 필요하다.

너무 빨리, 고통스럽게 죽을 수 있다는 이유로 전쟁을 싫어하는 남자도 전쟁 이야기는 좋아한다. 그리고 알리바바의 동굴처럼 이야기가 쏟아져 나와 독자적인 서점이 생길 정도인 이 장르에서, 인구에 회자되는 최고의 작품도 더러 발견된다.

만약 당신의 남자가 어느 정도 애국심이 넘치고, 역사에 열광하며, 조금이라도 알려진 가문의 후예라면, 1914년의 전쟁(1차 대전)에 관한 몇몇 걸작이 어울릴 것이다. 그중 모리스 주느부아의 《레제파르주[47]》는 제1차 세계대전에 관한

---

46 오스트레일리아 제작 영화이고, 감독 조지 밀러 역시 오스트레일리아 출신이다.

47 프랑스 북동부 지명 이름. 1차 세계대전의 전장이었고, 저자인 모리스 조느브와가 이곳에서의 전투에 참전하기도 했다. 국내 미출간. 원제는 Les Eparges.

최고의 책일 것이다. 만약 〈지옥의 묵시록〉과 〈디어 헌터〉가 그의 마음을 흔들었고, 미국으로 커플 여행을 갔는데 그가 베트남 참전 용사들의 기념비를 방문하겠다고 고집한다면, 당신은 켄트 앤더슨의 《악마를 위한 동정[48]》을 먼저 떠올릴 수 있다. 마지막으로, 당신의 남자가 서른다섯 살 이하이고, 게임기 앞에서 매일 밤 세 시간, 주말마다 열 시간을 보낸다면, 그리고 세 종류의 치즈를 올린 피자가 인류를 밤낮으로(그리고 먹다 남은 식은 피자가 아침을) 먹여 살린다고 생각하면서, 〈워킹 데드〉를 보고 감동 받아 눈물짓는다면, 맥스 브룩스의 멋진 걸작, 《세계대전 Z[49]》가 당신에게 도움의 손길을 내밀 것이다.

잊지 말자, 당신의 남자는 읽지 않는다. 그런 그에게 단순히 책을 던져주고 마는 것은 그 책을 늙은 코끼리의 운명으로 떠미는 셈이다. 책은 서재라고 하는 신화 속 무덤에 이를 때까지 사바나를 홀로 떠돌게 될 것이다. 서재는 손을 팬티에 찔러 넣은 채 생각의 심연에 잠기는 그 남자를 보지

---

48 베트남 참전 용사인 켄트 앤더슨 쓴 소설, 국내 미출간, 원제는 Sympathy for the Devil.

49 박산호 역, 황금가지, 2018

않아도 되는 유일한 장소이지만, 그곳으로 그를 유혹하는 술수를 부릴 필요도 있다. 하이에나나 자칼, 여우처럼, 그리고 오디세우스를 유혹하는 키르케처럼.[50]

보란 듯이 책을 읽어보아라. 그가 책의 제목과 저자를 똑똑히 기억하도록 만들어라. 어느 날 밤 침대에서 육체의 열정이 잦아든 후 크루아상을 먹어치우고, 스쿠터를 타는 프랑수아 올랑드처럼[51] 만족하였을 때, 그는 10분쯤(아주 가끔은 10분 이상) 섹스 말고 다른 것을 떠올릴 수 있을 것이다. 보통은 그러다 얼마 안 있어 잠든다. 가수 플로랑 파니[52]가 문법 실수를 하는 데 걸리는 시간만큼이나 금세 잠드는 것이다. 그때 책을 놓고 그에게 이야기해라. 아니, 이 책 정말이지 너무 거칠고 폭력적이라고, 이 전쟁이야기 때문에 한 대 맞은 듯 큰 충격을 받았다고. 당신으로선 그날 밤의 두 번째 거짓말을 하는 것이다. 그것(그런 척한 것 말고, 두 번 거

---

50 키르케는 눈부신 외모를 지닌 그리스 신화에 나오는 마녀다. 오디세우스를 사랑하여 그와 부하들을 1년간 자신이 사는 섬에 머물게 한다.

51 밤마다 스쿠터를 타고 여배우와 밀애를 나누러 다니던 올랑드 전 대통령을 패러디.

52 프랑스 가수이자 배우.

짓말하는 짓)이 흔한 일은 아니라는 점을 잘 알 테니 하는 말이다. 그러고는 책을 머리맡 탁자에 두어라. 이틀도 안 되어 그는 그 책을 자기 머리맡 탁자로 옮겨 놓을 것이다. 남자가 애초 그렇게 만들어졌기 때문이다. 평화롭게 살 수 있을 때도 사냥을 하고 낚시를 한다. 그림과 노래로 만들고도 남을 만한 커다란 황소들이 투기장에 끌려와 왜 이곳의 풀들은 푸르지 않은 걸까를 궁금해하며 이유도 모른 채 죽어갈 때, 그들은 박수갈채를 보낸다. 폭력적이고 아무 쓸데없는 타란티노의 영화들을 사랑하고, 쏟아지는 총탄 세례 아래에서 칼을 뽑아들며 덤벼드는 자신을 상상한다. 그리고 전쟁을 기원하고 희망한다. 결코 제대로 알지도 못하면서.

그를 유혹하기 위하여

맥스 브룩스, 《세계대전 Z》, 2009 (좀비 장르, 가상의 전염병이 초래한 대재앙)

윌리엄 마치, 《K 중대[53]》, 2013 (1차 대전을 다룬 자전적 소설)

---

53 국내 미출간, 원제는 Company K.

그를 길들이기 위하여

피에르 르메트르, 《오르부아르[54]》, 2013 (1차 대전 이후의 프랑스 사회)

아르투로 페레스 레베르테, 《전쟁화를 그리는 화가[55]》. 2007

함께 읽기 위하여

모리스 주느부아, 《14년의 사람들[56]》, 1949 (1차 대전)

노먼 메일러, 《벌거벗은 자와 죽은 자[57]》, 1959 (2차 대전)

 도서 추천

한국 남자의 가슴을 뛰게 하는 영웅 이야기이자, 전쟁 이야기인 《칼의 노래》(김훈, 문학동네)를 추천한다.

---

54 임호경 역, 열린책들, 2015
55 김수진 역, 시공사, 2006
56 국내 미출간, 원제는 Ceux de 14
57 이윤경 역, 민음사, 2016

Frenchman

그가 두려움을
극복하게 하는 방법

때로는 영웅도 뒷걸음질 친다

월터 미티가 누구인가? 그는 하나의 전형이다. 당신들 가운데 이 별난 영화를 본 사람이 있다면 내 말을 이해할 것이다(보지 않은 사람들은 꼭 재상영관에 다녀와야 한다). 〈라이프〉 잡지사의 사진 부서에서 별 볼일 없는 직원으로 일하는 월터는 어머니와 상사 그리고 일상에 맞서지 못하는 겁 많은 인물이다. 그는 자신이 루저라고 생각하며 이에 순응하고, 유일하게 사랑에 빠질 뻔했던 여성 앞에서 주눅 든다. 그런 그가 위대한 사진작가(숀 펜, 나는 그에게 지독하고 수치스러운 질투심을 느낀다)의 사진을 분실하였고, 이를 만회하기 위해 사진작가를 찾아내야 하는 처지에 놓인다. 그는 사방으로, 세상에서 가장 위험한 곳만을 뛰어다니며 사진을 찾아 나선다. 완벽하고 절대적인 사진, 그것은 예술이라는 단어에 의미를 부여해줄 사진이었다. 일종의 통과의

례를 보여준다 할 위대한 영화, 〈월터의 상상은 현실이 된다〉는 말한다. 자신을 무가치하다고 여기던 소년이 긍지를 되찾고, 싸움을 받아들이며, 영광과 패배를 겪고 남자가 되어가는 과정, 그 변화를.

여인들이여, 당신의 남자는 월터 미티다. 자신의 교양 없음이 대중의 인기를 얻게 해준다고 여기며 이를 뽐내는 우리 시대의 포퓰리스트들을 제외한다면, 어떤 남자도 자기가 독서하지 않는다는 사실을 자랑하지 않는다. 독서가가 아니라는 것을 자발적 선택이 아니라 실패의 결과라 여긴다. 학교의 실패이고, 읽는 재미를 알려주지 못한 사람들의 실패이며, 단어의 뜻풀이는 가르쳤지만 그것들이 만들어내는 음악을 듣는 법은 가르치지 못한 국가의 실패라는 것이다. 문화의 중대성을 반복해서 강조하고, 영화를 만들며, 책을 쓰고, 공연을 올리는 모든 선량한 사람들의 실패다. 그들은 같은 사람들, 언제나 똑같은 사람들을 위해 그러한 말을 한다. 미술관의 입구를 찾을 수 있는 사람은 서점이나 극장의 문도 밀어젖힐 수 있는 법이다. 하지만 읽지 않는 사람의 실패는 자신에게서 비롯되는 것처럼 보인다. 그것은 자신의 잘못이고, 자신이 교양이 없으며, 사람들이 말하는 소설을 알지 못하는 것이다. 자신이 별 볼일 없는 사람이다.

때문에 시간이 지나면 지날수록 독서는 더 큰 두려움을 준다. 그에게 책을 해독할 암호표가 있을까? 그는 사람들이 내민 이 두껍고 빽빽하게 인쇄된 책에 빠질 수 있을까? 욕심이 없는 것도 아니다. 흥미도 있고 궁금하기도 하다. 그는 과연 책의 의미를 이해하게 될까? 아니면 끝내 책을 읽는 데 실패할까? 겨울철에 산소통도 없이 에베레스트에 등정하기처럼, 그 앞에 우뚝 솟은 이 책을? 그는 체념한다. 사람들은 책은 그를 위한 것이 아니라고 떠들어댔고, 그는 그대로 설득당했다. 그는 읽지 않는 자들을 잊기 위해 마련해놓은 서가 속으로 분류, 정돈된다. 사실 그들이 그곳으로 밀려난 채 탈색되어 누렇게 변해가야 속이 편하다. 그러면 나를 포함하여 읽게 만드는 것을 업으로 삼는 사람들은, 너무 뻔해서 왜 이 나라를 독서의 나라로 만드는 데 실패하였는지에 대한 의문을 가질 필요가 없어지기 때문이다.

독서는 달리기와 같다. 새해 다짐 때문이든 원치 않는 생일 선물 때문이든 우리는 전부 한 번쯤은 달리기를 다시 시작하려고 시도한 적이 있다.

첫 번째 달리기는 골고다 언덕을 오르는 것과 같다. 도로원표를 지나면서 우리는 그렇게 힘들지는 않다는 데 도취된다. 자신의 몸이 톨레도의 검[58]으로 만들어진 게 아닐까 내심 확신하면서, 벌써부터 고등학교 졸업 후 장거리 경주 선수로 뛰지 않은 것을 후회한다. 올림픽 경기에 나가 미뭉[59]과 자토페크[60]를 꺾고, 8000미터, 1만 미터 그리고 마라톤에 연달아 출전했을지도 모른다. 그러다 우리는 거의 죽음에 이른다. 핏기가 가시고, 에이야프야틀라이외쿠틀 화산[61]처럼 거칠게 숨을 토해낸다. 교체되어야 할 허벅지와 화끈거리는 장딴지, 피가 흐르는 발을 위해 기도한다. 이 단계에서 우리 대부분은(사실, 나도 그렇다) 멈춘다. 그렇지만 다른 악착스러운 사람을 종종 발견할 수 있다. 때로는 페르라셰즈 묘지에서, 때로는 1년 뒤 자신감에 가득 찬 모습으로.

---

58 스페인 톨레도에서 강철로 만든 검으로, 강하고 예리한 것으로 유명하다.
59 알랭 미뭉. 프랑스의 올림픽 금메달리스트.
60 에밀 자코페크. 체코의 올림픽 금메달리스트.
61 아이슬란드의 빙하 밑에 자리 잡은 화산.

그들은 우리에게 뉴욕 마라톤에서 세운 기록을 끊임없이 떠들어댄다("3시간 17분이었지. 그렇지만 말이야, 이건 느려진 거라고! 파리에서는 3시간 이하로 통과했는데"). 당신의 남자를 독서가로 만들려면 그를 훈련시켜야 한다.

그러니 《전쟁과 평화》나 《잃어버린 시간을 찾아서》로 시작해서는 안 될 것이다. 300쪽을 넘기는 모든 책은 얼씬도 못하게 해야 한다. 토니노 베나키스타의 《위험한 패밀리[62]》에 등장하는 회개한 마피아인 프레드 정도만 《모비 딕》으로 독서를 시작하고, 고래를 끝장낼 때까지 여러 개월을 할애할 수 있다[63]. 당신의 남자를 두꺼운 책 앞으로 끌고 가는 일은 마이크 타이슨 앞에서 권투를 하라고 요구하는 것과 같다. 두려움과 억센 생존본능은 그가 링 위로 오르지도 못하게 만들 것이다.

부인들이여, 당신은 디디에 데샹 같은 트레이너나 코치의 역할을 해내야 한다. 타고난 소질을 개발하고, 기초를

---

62 이현희 역, 민음사, 2014

63 《위험한 패밀리》의 전직 마피아, 프레드는 조용한 마을에서 정체를 드러내지 않고 숨어 살아야 하는 처지다.

다지며, 체력을 길러내야 한다. 장 드 브뤼노프[64]가 《연쇄 살인마 바바》, 《바바와 뱀파이어의 싸움》 같은 것을 쓰지는 않았으니, 〈비블리오떼끄 로즈[65]〉로 시작할 필요는 없을 것 같다. 그러다가는 어느 날 밤 당신의 남자가 사용하는 침대 옆 탁자에서 빅토르(아들)의 책 《매직 트리 하우스[66]》나 레아(딸)의 책 《플리카[67]》를 찾아낼지도 모른다.

짧고 간단하고 직접적이면서도 위대한 작품들, 훈련용이지만 그 자체로 번쩍이는 100쪽 남짓의 걸작들도 존재한다. 짐 해리슨의 《가을의 전설[68]》이 그 예다. 책 한 권에 들어 있는 세 편의 긴 중편 소설은 경이로운 글쓰기의 모범이라 할 만하다. 한 가문의 전설, 냉혹한 복수, 부활을 이야기하는 이 굴곡진 텍스트들은 술과 담배, 주먹다짐, 고통, 사

---

64 프랑스의 유명한 그림책 작가. 아기 코끼리 '바바'를 주인공으로 한 시리즈로 큰 인기를 얻었다.

65 6~9세 어린이를 위한 선집.

66 매리 폽 오스본이 쓴 시리즈물. 잭과 애니가 시간여행을 할 수 있는 매직 트리 하우스를 발견해 떠나는 모험이 주요 내용이다. 국내 미출간, 원제는 Magic Tree House.

67 말과 소녀의 우정을 그린 메리 오하라의 책. 국내 미출간, 원제는 My Friend Flicka.

68 정영문 역, 맑은소리, 1995

랑, 잃어버린 행복, 되찾은 평온으로 가득 차 있다. 장 에슈노즈의 놀라운 소설들 역시(그중에서도 《금발의 여인들[69]》을 선호하지만) 아이러니, 거리감, 불가능한 궤적들이 그려내는 경이로운 이야기들이라 할 수 있다. 그의 작품들에서는 신빙성 따위 가치가 없다는 듯, 시와 감미로운 광기가 여인들을 지배한다. 이 여주인공들은 비타협적인 동시에 우스꽝스럽다.

또한 당신은 단골 서점 주인을 알 것이다(나는 그에게 절대적인 고마움을 표한다. 그가 없었더라면 당신이 이 책을 샀겠는가? 선물하기에도 부담 없을 가격의 이 책은 내가 앞으로도 오랫동안 부양해야 할 굶주린 입들을 먹여 살린다). 당신은 질문만 하면 된다. 그는 뛰어난 사냥개처럼 사냥을 떠나 매의 눈으로 서가를 훑고, 송로버섯을 캐내는 돼지보다 더 빠르게 책들을 끄집어낸다. 나아가 그를 자극해보라. 남편이 도통 책을 안 읽는다고, 누구라도 현자의 돌, 자연의 금괴, 남편을 독서로 이끌 아리아드네의 실[70]을 찾지는 못할 것이라

---

69 이재룡 역, 현대문학, 1999
70 그리스신화의 아리아드네가 테세우스가 미궁을 빠져 나올 수 있도록 건넨 붉은 실로 '어려운 문제를 해결하는 방법'을 의미한다.

고 암시해보라. 마치 인력자원부에서 해고 정책을 정당화하려고 이야기하는 것처럼, 서점 주인에게 도전장을 내밀어본다면, 당신은 자존심 상한 서점 주인이 일으키는 기적을 목도하게 될 것이다. 읽을 만한 작은 책들의 목록이 마구 늘어난다.

엄선한 책을 가지고 남편 곁에 누워라. 아이들은 씻고 잘먹고 목도 축인 다음, 편안하게 잠들어 있다(아이들은 아무런 제재도 받지 않고 우리의 살을 뜯어먹는 좀비들이다). 이때 당신의 발견물을 펼쳐라. 그날 밤, 당신은 모르페우스[71]가 당신의 남자를 데려갈 때까지는 견뎌야 한다. 책의 마지막을 읽어라(조금 있다가 그가 자신의 열정을 나누고 싶어 할 수도 있으나 누구도 노년에 접어들기 전에는 전날 읽은 것을 까먹지 않는다). 그리고 하룻밤의 휴식을 갖고는, 다음 날 보란 듯이 하품을 하면서 책에 대해 불평해라. 무척이나 흥미진진한 나머지 빨리 읽고 싶긴 했지만, 너무 짧아서 금방 끝나버렸다고. 한 마디를 덧붙여라. "내 생각엔 이 책, 당신 맘

---

71 그리스 신화의 꿈의 신.

에 들 거 같아." 특히 중요한 것은 책이 방 아무데나 굴러다니도록 두는 일이다. 어느 날 밤, 책에 빠져 있는 그를 발견해도 놀라지 마라.

그를 괴롭히는, 책에 대한 두려움을 없애려면 시간과 인내, 그리고 뛰어난 서점 주인이 필요하다. 당신은 꾀를 내야 할 수도 있고, 장르를 바꿔야 할 수도 있으며(예를 들어 《매그레》 시리즈[72]는 전부 혹은 대부분 짧은 걸작이라 할 만하다), 더 큰 산으로 소풍을 떠나야 할 수도 있다(어빙의 《가아프가 본 세상[73]》, 만약 당신의 남자가 추리물을 좋아한다면, 루헤인의 《운명의 날[74]》을 추천한다). 물론 왔던 길을 되돌아가야 할 때도 있고(스티븐 킹의 중편 소설집과 함께 《별도 없는 한밤에[75]》는 완벽한 작품이다) 앞으로 다시 나아가야 할 때도 있다(《몽테크리스토 백작》은 마약이다. 탐닉할 수밖에 없고, 그러면서도 매우 두껍다. – 그렇다, 뒤마는 나와는 완전히 다른 천재여서 단어마다 돈을 받았고 원고료를 더 받기 위해 글의 양을 늘

---

72   성귀수 역, 열린책들, 2014
73   안정효 역, 문학동네, 2002
74   조영학 역, 황금가지, 2010
75   장성주 역, 황금가지, 2015

리곤 했다).

언젠가는, 당신의 남자도 더 이상 두려움을 느끼지 않게 될 것이다. 언젠가는, 그 역시 깨달을 것이다. 어떤 상황에서나, 어떤 사연이 있거나, 우리 모두는 잠재적으로 독자라는 사실을. 사람과 책의 만남, 그것 하나만으로 사람은 읽기 시작하고, 죽어서야 이를 멈춘다. 그는 그 모든 소설을 읽기에 시간이 부족할까 봐 미리 걱정한다.

그를 유혹하기 위하여

도날드 웨스트레이크, 《인업[76]》, 1995 (추리소설)

장 지오노, 《나무를 심은 사람[77]》, (황무지를 숲으로 바꾼 양치기의 노력)

그를 길들이기 위하여

존 판테, 《나의 어리석은 개[78]》, 1987 (가족소설)

---

76 미출간
77 김경은 역, 두레, 2018
78 미출간

스티븐 킹, 《톰 고든을 사랑한 소녀[79]》, 2000 (야구 호러 소설)

함께 읽기 위하여

마티아스 에나르, 《그들에게 전투와 왕, 코끼리를 말하라[80]》, 2010 (역사소설)

스테판 츠바이크, 《낯선 여인의 편지[81]》, 1927 (역사와 인간에 대한 통찰)

 도서 추천

한국 남자에게 짧지만 흥미진진하게 읽을 수 있는 소설로 《살인자의 기억법》(김영하, 문학동네)를 추천한다.

---

79 한기찬 역, 황금가지, 2015
80 미출간
81 김연수 역, 문학동네, 2010

아이를 이용하는 방법

도덕적으로는 분명 잘못이지만,
효과는 확실하다

Frenchman

사진 속에서, 남자는 뒷짐 진 채 햇살이 부서지는 길을
걷고 있다. 허리가 다소 굽었는데, 나이 때문은 아니다. 젊
은 나이라고 할 수는 없지만, 병마가 모든 것을 앗아간 마
지막 순간까지도, 그의 당당한 풍채는 경외심을 일으킨다.
그가 몸을 굽힌 것은 아이의 말에 귀를 기울이기 위해서였
다. 이 조그만 여자아이는 갈색 머리에, 여름옷을 입고 있
었고, 그의 곁에서 아장거리고 있었다. 또한 그의 자세를
따라하며 뒷짐을 졌다. 둘이 무슨 이야기를 하는지는 전혀
알 수 없지만, 적어도 그가 유심히 아이의 말을 듣고 있다
는 것은 알 수 있다. 그는 다른 아이들, 두 명의 아들이 더
있었고, 또 다른 부인도 있었지만, 막내딸이야말로 그의 삶
을 장식한 마지막 사랑, 그것도 가장 강렬한 사랑의 대상이
었다. 어떤 것도 희생하지 않던 그가 딸을 위해서는 수없이

희생하게 될 것이다. 그는 딸을 지킬 것이고, 그에게 주어지지 않은 모든 시간마저 딸에게 바칠 것이다. 프랑수아 미테랑의 삶에서 마자랭[82]은 사진에서 보는 것처럼, 몸을 구부리고, 경탄하고, 찬양하는 대상이었을 것이다. 그의 딸로서.

지난날의 남자들은 어디로 갔는가? 그들은 잠들기 전 딱 15분 동안만 아이들을 참아주었고, 탁자의 맨 끝에 앉아 식사했다. 사제가 면병을 나누어주듯 마구 손찌검을 했고, 하느님 아버지처럼 경외의 대상이었으며, 또 그처럼 부당하였다. 프러시아 창기병을 상대로 칼을 뽑아 덤벼들던 그들도 기저귀를 채워야 할 갓난아기 앞에서는 도망쳤을 것이다. 그들에게 아이란 20년 동안 말이 없다가 갑자기 성년이 되는 존재였다.

그런 남자들이 변했다. 그들은 아버지가 되었다. 우리는 그들이 공원의 모래밭에서 자기 아이의 양동이와 삽을 훔쳐 가거나, 아이에게 모래를 뿌리거나, 미끄럼틀에서 아이를 밀려고만 하면, 누구든 때려눕힐 자세를 취하고 있는 것

---

82 프랑수아 미테랑 대통령의 혼외 자녀. 철학교수이자 소설가.

을 본다. 그들은 학교 정문 앞에서 기다리고, 학부모 모임에 참여하며, 바자회에 전시품을 펼쳐놓는다. 아픈 막내 때문에 걱정하며 밤을 지새우고, 젖병을 물리고, 기저귀를 갈아준다. 돌토, 몬테소리, 프레네[83]로 전향한 나머지, 우리의 귀여운 폴이 고양이에게 정말 불을 붙이려 할 때조차 마지막의 마지막까지 소리를 높이지 않는다. 그들은 이 애송이 방화광에게 영원히 남을 정신적 상처를 주었을까 봐 이틀을 괴로워한다.

때로는 이런 새로운 부성애가 당신을 짓누를 수도 있다. 그렇게 생각하지 않는다고? 오히려 이해할 수 있다고? 그가 곁에 있고, 도와주고, 함께 하는 것이 근사하지 않느냐고? 하지만 이런 과정에서 그는 당신이 맞추어 놓은 목욕물의 온도를 다시 확인할 권리를 갖게 된다. 또한 병에 담겨 판매되는 이유식을 먹여도 노벨상 수상자들을 길러낼 수 있는데도 그가 집에서 만든 퓌레로 식탁을 차릴 권리를

---

83 새로운 교육학의 종류들. 아이의 권리존중, 자발성에 기초한 감성 교육을 중시한다.

얻게 된다. 세탁 가능한 기저귀의 효용을 떠벌릴 권리, 폴이(확실히 신경 쓸 곳이 많은 아이다) 심한 기관지염에 걸렸을 때 항생제의 효력에 의심을 제기할 권리를 얻게 된다(그는 〈부모[84]〉에서 기사를 보았다). 그럴 때 당신은 차라리 원양 어선을 타는 키 큰 선원을 만났기를 꿈꾼다. 카트린 풀랭[85]의 소설에 나오는 선원처럼, 12개월 중 9개월은 바다에 나가 있으면서, 대구를 잡아 올리고, 동상에만 걸리지 말자고 신경 쓰는 뉴펀들랜드 섬의 선원말이다.

가장 억울한 사실은 무엇인가? 기본적인 일을 챙기는 사람은 여전히 당신이라는 것이다. 소아과 의사에게 아이들을 데려가 예방접종과 추가접종을 맞히는 사람은 당신이다. 아이들이 너무 아파서, 크리스마스 칠면조처럼 만병통치 해열제 '돌리프란 500'으로 속을 채우다시피 했어도, 탁아소 보육교사가 이를 알아채고 아이들을 집을 되돌려 보냈을 때, 휴가를 내고 여러 날을 아이 곁에서 보내는 사람도 당신이다. 폴을 축구 교실에, 레아를 배드민턴 교실에

---

84 https://www.parents.fr 프랑스의 육아 전문 인터넷 사이트.
85 배 위의 난폭한 상황을 묘사한 《위대한 선원》으로 주목을 받은 작가.

데려다주느라(혹은 반대로), 둘을 치과교정 전문의에게 데려가느라 당신은 매주 세계일주를 하는 느낌이다. 당신의 남편은 노력하고 곁에 있어주는 다정한 아버지이지만, 그래도 남자다. 우리나라에서 가사 분담은 유니콘에 비교할 만하다. 그것은 아름다울 것이다. 만약 존재하기만 한다면.

기뻐해라, 페미니즘은 인생을 함께할 남자를 독서가로 만들려는 당신의 관심과 양립 가능하다. 둘은 동맹을 맺고 협력하여 승리를 거둘 수도 있다. 당신의 아이들은 먹을 것과 마실 것, 입을 것, 교육받을 것과 마찬가지로 읽을 것이 필요하다. 밤에 들려주는 이야기는 전 세계의 어린이 인권선언문에 포함되는 항목이다. 우리가 이야기를 들려주며 책과 함께 재운, 특별한 시간을 함께 보낸 아이는 커서 독서가가 될 좋은 기회를 얻은 것이다. 책을 놓지 않고 읽어 온 사춘기 아이들은 누가 물어보면 잠자리에서 책을 읽는 저녁 시간을 매우 특별한 순간으로 언급한다. 그것은 우연이 아니다. 아이들은 부모님과 함께 보낸 행복한 순간을 혼자서도 되풀이하기 마련이다. 잠들기 전에 읽었던 모험이야기들과 함께.

　나는 여러 개월 동안 《페트로니유와 120마리의 어린 것들[86]》에 나오는 이름 120개를 밤마다 반복해서 외워야 했다. 그것이 내 딸들의 가장 큰 기쁨이었다. 딸들은 그 이름들을 전부 외웠고, 어떤 실수도 용납하지 않았다. 나는 사람 좋고 점잖은 천재, 클로드 퐁티에게 대단한 원한을 품었다. 하지만 그것은 내가 가장 소중하게 여기는 딸들과 함께한 귀중한 추억으로 남았다.

이제 내가 어떻게 주제로 되돌아오는지 알 것이다. 당신은 밤에 아이에게 이야기를 들려주라고 남자를 부추겨야 한다. 이번에는 꾀를 부릴 필요도, 교묘하게 파고들 필요도 없다. 반대로 정면에서 부딪쳐야 한다. 모든 남자는 심연에 죄책감을 가지고 있다. 그들은 자문한다. '나는 자식들을 위해 해야 할 일을 충분히 하고 있는가?' '내 경력을 위해 많은 것을 포기하고 있지는 않는가?' '이기적이지는 않은가?' 이 점을 이용해라. 명분이 그것을 정당화한다. 잠들 준비를 하고 있는 어린 것들에게 이 신성한 이야기를 읽어주라고 매일 밤 요구해보라. 그렇게 만들어진 습관은 곧 그

---

86 클로드 퐁티의 동화책. 생쥐 가족 이야기

의 습관으로 굳어질 것이다. 그는 퐁티나 웅게러, 베르나르, 로카, 혹은 모리스 센닥의 그림책들을, 아동용 문학을 읽어주고 있다고 생각하겠지만, 사실 그 스스로 위대한 작품들에 젖어들어 가는 중이다. ─《세 강도[87]》, 《푸른 개[88]》, 《끝없는 나무[89]》 등등.

우리 모두가 저지르는 가장 커다란 실수는 아이가 혼자 읽을 수 있게 되었을 때, 이야기를 들려주는 일을 멈추고 만다는 점이다. 아이가 여섯 살이 되면, 우리는 문학이라는 세계 속에서 길을 헤쳐 나가는 데 부모가 필요하지 않다고 판단한다. 학교에는 계속 데려다주고 횡단보도는 함께 건너면서, 부엌에는 얼씬도 못하게 하고, 찔리거나 베이거나 화상을 입을 수도 있는 기구에서 아이를 떼어놓는 일은 계속하면서, 이야기를 들려주는 일만은 더 이상 하지 않는다. 책과 관련해서는 아이들이 마치 성인이 되었다고 생각하는 것 같다. 사실 아이들은 숭고한 것과 사악한 것이 공존하는

---

87 양희전 역, 시공주니어, 1999
88 최정운 역, 파랑새어린이, 1998
89 윤정임 역, 비룡소, 2001

정글 앞에 서 있는데도.

《식인귀의 행복을 위하여[90]》에서 뱅자맹 말로센은 형제 자매들의 연령대가 다양하고, 몇몇은 청소년기에 접어들었음에도 불구하고, 매일 밤 그들에게 이야기를 들려준다. 고전에서 추려낸 것들이었다. 남편에게도 똑같은 일을 하라고 시켜라. 우리가 밤마다 이야기를 들려주기를 멈출 때도 아이들에게 책을 읽는 것이 벌처럼 느껴지게 해서는 안 된다. 사랑해마지 않는 당신의 여린 아이도, 그림책에서 숄레의《팡토메트[91]》로,《팡토메트》에서《페이머스 파이브[92]》로,《페이머스 파이브》에서《더 시크릿 세븐[93]》,《체럽[94]》시리즈,《앨리스》로 계속해서 넘어가야 한다. 곧 아이들은 큰 소리로 책을 낭독할 수 있게 될 것이고, 이 때문에 당신의 남편은 책에 붙잡히게 될 것이다. 그는 너무 감동한 나머지, 여명을 알리는 조그만 목소리가 어둠 속에서 솟아오

---

90 김운비 역, 문학동네, 2006
91 팡토메토라는 여성 히어로가 나오는 어린이 책. 국내 미출간
92 에니드 블라이턴의 탐정물. 국내 미출간
93 일곱 명의 친구가 오두막에 모여 미스터리를 푸는 에니드 블라이턴의 시리즈물. 국내 미출간
94 로버트 무차모아의 탐정물. 국내 미출간

르는 것이 자기 덕분이라고 믿을 것이고(우리가 잘 알다시피 그는 조금 극단적이다) 아이들의 독서가 물 흐르듯 원활하고, 불편하지 않도록 보살필 것이다.

인내는 보상받는다. 어느 날, 열 살가량 된 당신의 아이가 처음으로 《해리 포터》, 《호빗》 시리즈에 손을 대고, 《워터십 다운의 열한 마리 토끼[95]》, 《샐리 존스의 전설[96]》에 달려들며, 《헝거 게임[97]》을 읽기 시작할 것이다. 그리고 몇 년 전부터 매일 밤 아이들을 받아들인 이 서재, 그들의 차지가 된 이 장소에서, 정말로 독서가들의 은밀한 회합이 열릴 것이다. 가족 모두 탐욕스레 뒷이야기를 찾고, 추격에 나서며, 끝을 향해 나아간다. 이들 주술사들은, 베른, 위고, 뒤마, 바르자벨, 모파상을 은밀하게 또는 큰 소리를 내며 집어삼킬 것이다.

그를 유혹하기 위하여(그리고 아이들도 함께)

볼프 에를브루흐, 베르너 홀츠바르트, 《누가 내 머리에

---

95 햇살과나무꾼 역, 사계절, 2002
96 박종대 역, 산하, 2016
97 이원열 역, 북폴리오, 2009

똥쌌어?[98]》, 1993

나자, 《푸른 개》, 1989

그를 길들이기 위하여(그리고 우리들 역시)

조르주 솔레, 《팡토메트의 무용담》, 1961

루이스 세풀베다, 《갈매기에게 나는 법을 가르쳐준 고양이[99]》, 2004

(모두) 함께 읽기 위하여

티모테 드 퐁벨, 《방고[100]》, 2010

말리카 페르주크, 《브로드웨이 리미티드[101]》(청소년 문학의 〈라라랜드〉다), 2015

 도서 추천

아이에게 읽어주려면 그림보다 글 양이 적당히 많은 편이 좋을 것이다. 《마당을 나온 암탉》(황선미, 사계절)을 추천한다.

---

98 사계절, 2002
99 유왕무 역, 바다출판사, 2015
100 미출간
101 미출간

남자의 에고를
만족시키기

전통적 기법

위험을 완전히 무시해버리는 것, 바둑이나 양자물리학을 발명할 듯한 논리, 알려진 무기를 전부 다룰 줄 아는 능력, 백과사전적 지식의 통달, 이러한 것들을 설명하기에는 부족한 심각한 모르핀 중독. 이것은 셜록 홈즈가 범인의 정체를 밝히고 왓슨을 거만하게 깔아뭉개면서 진실로 향하고자 런던 거리를 구르는 수많은 종류의 개똥 성분을 분석하는 동력이 아니다. 홈즈의 동력은 그의 적수인 경관 모리어티와 똑같은 것이다. 홈즈를 역사상 가장 위대한 탐정으로 만든 것은 바로 그의 비대한 '자아'다. 수천 년 전부터 남자들의 에고는 그들을 부추기고 무력하게 만들었다.

솔직해지자. 키가 160센티미터에 몸무게가 50킬로그램 정도인 생명체 가운데 어떤 것도, 확고한 동기도 없이, 사나운 성질을 지닌 5미터 키에 12톤 무게의 동물, 즉 매머드를 죽이겠다고 나서지 않는다. 불의 발견 이후로 아늑해진 원시 시대의 동굴을 상상해보자. 여자는 자신과 아이들이 동굴에서 굶주릴까 봐 두렵다. 남자는 능숙한 솜씨로 수렵과 채취를 하고, 토끼와 새 그리고 이따금 순록 같은, 추운 겨울을 안전하게 보낼 수 있게 해주는 것은 무엇이든지 가져온다. 질리도록 씹어댄 뿌리의 형체가 드러난다. 밖에서는 아직 알려진 포식자가 없기에 털 많은 매머드가 홍적세 말기의 고양이처럼 만족스럽고 평온하게 풀을 뜯는다.

그러니 여자는 무엇을 가지고 겨울을 날지, 무리들을 먹이고 따뜻하게 지낼 수 있을지를 생각한다. 조바심을 내면서 남자를 설득하는데, 사실 남자가 먼저 막대기 끝에 달아놓은 날카로운 돌을 가지고 마스토돈을 덮치거나 하는 일은 거의 없다. 여자가 전투를 개시하는 것이다. 불평, 굶주려서 배가 고픈 어린 것들의 하소연이 있다. 그것은 당신에게 십 분의 만족을 위해 이십 년의 걱정거리를 안기는 일이었다. 화를 내거나 비난해도 아무 소용없다. 느긋하고 흔들림 없이, 남자는 자신의 입장을 견지한다. 싸움은 너무나 불공평하기에 그에게 치명적일 수 있고, 사람들이 토끼 고기의 영양가와 맛을 제대로 인정하지 않아서 그러는 것이라고 현명하게 판단하면서 말이다. 그러면 여자는 조금 기다렸다가, 그런 남자를 약하게 만드는 번득이는 재능을 발휘한다. 남자의 멋진 몸과 그의 능력, 힘, 다른 어떤 동물보다 우수한 두뇌를 강조하면서, 그의 남성다움을 찬양하고 남자의 에고를 부추긴다. 무엇도 그를 이길 수 없다. 더구나 암소보다 조금 큰, 둔하고 풀을 뜯는 어리석은 동물 따위는 말이다. 진화의 우월한 고리에 있는 남자로서는 매머드를 죽이는 일쯤은 간단한 일이고, 그가 결국 세계를 지배하게 될 것이라고 말이다. 바로 그 점에서 남자는 자신의 고유한 존재감에 으쓱하고, 기어이 자신의 가치를 증명해 보이고 싶은 어리석은 바보가 되어, 돌로 만든 끝이 뾰족한 무기를 잘 다듬어 챙겨들고, 일행을 몇 명 모아 목숨을 걸고 초식 동물인 매머드를 사냥하러 떠난다.

원시 시대 동굴 속의 남자와 욕실에서 당신보다 더 많은 화장품을 쓰는 남자가 여전히 같은 종의 사람이라는 것을 명심하라. 만약 칭찬이 그를 불타오르는 틀 속으로 뛰어들게 만들고, 개수대를 뚫게 만들고, 당신의 부모님과 크리스마스를 보내게 만들 수 있는 것이라면, 역시 그것은 그를 읽게 만들 수도 있는 묘책이다.

그럴 때 당신에게 필요한 책략은, 어느 일요일 그에게 거실에 달 이중 커튼의 봉을 설치해달라고 말하는 것과 거의 비슷하다. 읽으려면 용기를 내야 하는 유명한 두꺼운 책(《전쟁과 평화》, 《모비딕》, 《화산 아래서》—하지만 《율리시즈》는 피하라, 아무도 그 책을 읽지 않을 것이고, 읽지 않을 책이라면 당신은 명분을 찾을 수 없을 것이다)을 골라라. 결국에는 당신 남자가 책의 제목을 살펴보게 되도록, 먼저 책을 읽기 시작해서 아무 데나 가지고 다녀라. 침대에서는 책에 푹 빠져서 깊은 숨을 내쉬고 남자의 관심을 자극하다가 문득 소설 읽기를 멈춰라.

"결국 나는 다 읽지를 못하겠네. 이 책은 너무 어렵고 너무 관념적이야. 만약 당신이 이 책을 읽는다면 당신은 정말 대단한 거야. 정말 어려운 책이야. 물론 걸작이긴 하지. 하지만 워나 난해해." 그리고 책을 침대 옆 테이블에 놓아둔 채 그를 대화에 끌어들인다. "이 소설을 봐, 정말 유감이야. 이 책을 읽고는 싶은데, 정말이지 내 취향의 작품이 아니야. 책에 나오는 인물이 지적이고, 감정이나 정서가 부족해. 당신, 당신이라면 읽으면서 이해할 수 있겠지. 당신은 복잡한 개념들을 어려워하지 않잖아. 그렇잖아, 당신은 심지어 축구 리그가 어떻게 구성되는지, 오프사이드 규칙이 무엇인지도 다 이해하고 있으니. 그래, 솔직히 말하면 이 책은 나보다는 당신을 위한 책이야. 어려운 책, 지적인 책이니깐."

남자는 이런 법이다. 나는 일주일이 되지 않아 책에 코를 박고 있는 그를 보게 되리라 장담한다. 그는 대양에서 난파당한 사람처럼 몸부림을 치고, 허우적거리며 바닷물을 들이키면서, 아무것도 이해하지 못하면서도, 기어이 다 읽고야 말겠다고 다짐하면서, 한 페이지 한 페이지 책을 읽어나간다. 단 하나의 목적을 위해서다. 어느 날 저녁 당신 앞에 책을 놓으면서 이렇게 말하고 싶어서다. "이 책, 나쁘지 않네, 꽤 재밌었어. 쉽지 않지만, 정말로 괜찮은 책이야." 그럴 때 당신은 '나는 이미 그 책을 세 번 읽었다'고 고백해서는 안 된다. 그저 책의 아름다움과 섬세한 의미를 다시 느끼면 되는 것이다.

남자들은 심지어 고위관리거나 교수이거나 장례식 사업
자이거나 관계없이 전부 자신을 위험한 모험에 자원한 병
사이자 영웅으로 여긴다는 사실을 잊지 마라. 남자에게는
자신의 남성성을 확인하는 일이야말로 가장 중요하다. 비
록 그가 20년 전부터 미래의 사서들에게 듀이의 십진 분류
법을 가르치는 일을 해왔다고 해도, 그는 자신을 칼날처럼
위험하고, 전갈처럼 강력하고, 하이에나처럼 잔인한 존재
라고 여긴다. 그의 내면에는 커다란 야수가 잠들어 있다.

당신은 알지만 그가 모르는 것은 바로 문학의 가능성이
다. 한 권의 책에 잠겨 들면, 다른 어떤 삶보다 특별한, 천
가지 삶을 살 수 있다. 해적, 스파이, 부패 경찰, 백전 용
사, 대담한 영웅 또는 몸프라쳄의 호랑이[102], 책 속의 그에
게는 어떤 삶이든 전부 허용된다.

몇 시간 동안이나마 포스트모더니즘 시대의 배 나온 사
십대 남자를 세계의 정복자로 변모시킬 수 있는 책들을 그

---

102 이탈리아 작가 에밀리오 살가리의 소설 제목이자 영국 제국주의에 저항하는
해적단의 이름

에게 골라 주어라. 카우보이, 마피아, 뱀파이어 추격자, 제임스 엘로이[103]와 크럼리의 책처럼 정말로 하드보일드한 이야기들을 제공하라. 그리고 진심에서 나오는 칭찬을 덧붙여라. "이 책은 어떤 남자 혼자, 씨아이에이, 에프비아이, 엔에스에이(국가 안보국)와 에프에스비(러시아 연방)에 맞서 저항하는 이야기야. 그는 단 이틀 안에 비열한 테러리스트들에 맞서 세상을 구하고, 그들의 포로가 된 인생의 반려자를 구해야만 해. 그 남자가 꼭 당신을 생각나게 해서 완전 반해버렸어. 차갑게 세상을 보는 눈, 표 안 내는 다정함, 용기. 당신과 똑같지 뭐야. 정말로 작가가 당신을 아는 것 같더라니까." 모든 남자의 내면 깊숙이에는, 당신의 남자조차, 자신의 때가 오기를 기다리는 덴젤 워싱턴이 숨어 있다는 사실을 결코 잊지 마시라.

그를 유혹하기 위하여

베른하르트 슐링크, 《책 읽어주는 남자[104]》, 1996

---

103 미국의 범죄 소설가
104 김재혁 역, 시공사, 2013

마누엘 바스케스 몬탈반,《갈린데스[105]》, 1992

그를 길들이기 위하여

맬컴 라우리,《화산 아래서[106]》, 1987

휴버트 셀비,《악령[107]》, 1977

함께 읽기 위하여

후앙 기마랑스 로사,《디아도림[108]》, 1965

자우메 카브레,《콘피테오르: 고백기도[109]》, 2013

 도서 추천

두꺼우면서 지식이 필요한 서적. 그러면서도 빠르게 읽을 수 있는 《태백산맥》(조정래, 해냄)을 추천한다.

---

105 뉴욕에서 망명 생활 중 실종된 스페인 정치인 갈린데스의 실화를 다룬 소설. 국내 미출간.
106 권수미 역, 문학과지성사, 2011
107 미출간
108 미출간
109 미출간

Frenchman

CHAPTER
6

모베 장르

어떻게 그를 독서광으로 만들까

부모, 가끔은 조부모가 좋은 의도를 지니고 서점에 들어와 같이 온 아이에게 책을 한 권 선물해주는데 대개 고전이다. 의도는 좋았지만 아이를 가르치려 들면 본래 의도는 훼손되고 만다. 엄청 기분이 좋아서 만화책이 있는 칸이나 영웅이 나오는 책을 보러 달려가는 아이를 상상해보라. 아이가 더 나이 들었다면, 끔찍하고, 독재가 이뤄지고, 피비린내 나는 세상이 왔다고 알리는 디스토피아 책을 향해 갈 것이다. 아이는 한 시간가량 독서에 몰입할 준비를 하고 책을 향해 달려갔다가 만족해하며 원래 자리로 돌아온다. 그 시간은 당신이 더 이상 아이가 투덜거리거나 다른 형제들과 다투거나 새로 산 기타를 가지고 '스테어웨이 투 헤븐'을 엉망으로 연주하는 소리를 듣지 않아도 되는 축복의 시간이다. 아니, 아이는 책을 읽는 침묵 속에서, 꿈을 꾸고, 해방

감을 느끼고, 여행을 하고, 전쟁을 하고, 사랑을 할 것이다. 그런데 갑자기 끼어드는 한 마디. "아냐! 나는 너한테 진짜 책을 사주러 같이 온 거라고."

열네 살의 나는, 부모님 선택으로 어쩔 수 없이 멀리 떨어진 외딴 집에서 지냈다. 두꺼운 벽으로 된 거대한 돌집, 들쥐들과 여러 종류 거미의 본고장. 지붕 아래는 박쥐들이 거처를 삼고 있는 곳. 밤마다 나는 그 짐승들이 긁어대는 소리를 들었다. 집 주위에는 드넓은 초록 벌판뿐, 영화관도 술집도 아무것도 없었다.

사춘기를 도시에서 보내는 것을 무척 좋아했던 내게 쥐라[110]의 깊은 숲은 지옥의 일곱 번째 고리로 남아 있다. 한 달은 걸려야 읽을 수 있다고 생각한 책들을 읽는 데 일주일이면 충분했다. 나는 그 지역의 소년들 그리고 (무서워라!) 소녀들을 만날까봐 겁이 나서 강가에 가지 않았다. 축복의 하루가 된 어느 날, 다락방을 뒤져보자는 생각이 들었을

---

110 프랑스 동부에 위치한 주.

때, 나는 목을 매달고 자살할까 아니면 방랑하는 랭보가 될까 고민하고 있던 참이었다. 거기에서 가장자리에 노랑이나 하얀 띠를 댄, 검은 표지로 된 책들이 가득 들어있는 대형 트렁크를 찾아냈다. 가방에서 책을 한 권 꺼내보니, 제목이 마음에 들었다. 케네스 쥬프의《사람들은 천사들도 죽인다》. 나는 막 '세리 누아르[111]'총서를 접한 것인데, 소르본느식 명분으로 보자면 아무 쓸모없는 탐정소설이다. 그 책을 발견한 달이 포함된 여름은 내게 가장 아름다운 여름으로 남아 있다.

만화, 에스에프 소설, 환상소설, 공포소설, 범죄소설 분야의 역작들이 포함되어 있었다. 나는 스티븐 킹을 살아있는 가장 위대한 미국 작가라고 생각한다. (맥카시, 뱅크스, 드 릴로와 함께) 르네 고시니, 마르셀 고트립, 자크 타르디는 천재이고, 데이비드 겜멜은 거장이고, 닐 게이먼과 알렝 다마지오는 대단히 위대한 작가라고 생각한다. 사람들이 모두 똑같은 용어를 사용하는 것은 아니지만, 흔히

111 갈리마르에서 출간한 2차 대전 이후의 미국과 프랑스의 범죄소설, 탐정소설 등을 다룬 총서.

모베 장르[112]라고 말하는 것은, 여러 세대에 걸쳐 중독된, 탐닉하는, 강박적인 독서가들을 만들어냈다. 모베 장르는 아무도 거기에 저항할 수 없는 습관성 약물과 같다.

당신의 남자를 달래자. 아무것도 가동되지 않았다. 그는 여전히 당신이 의도하는 모든 일에 고집부리며 맞서고, 고대 로마의 아벤티노 언덕에 서 있는 듯이 멀찌감치 물러난 채 순수 문학의 매력을 무시한다. 뒤라스의《태평양의 방파제[113]》, 클로드 시몽[114]의 《아카시아[115]》, 파트리크 모디아노[116]의 정체성 탐구 등을 전혀 모르는 것이다. 성과 없는 싸움에 지치고 약해져서 당신은 포기하기 일보 직전이다. 포기하면 그가 독서하는 기적도, 깃털 이불에 파묻혀 엄청 책을 읽으며 시간을 보내는 일도, 위대한 책이 불어넣어 주

---

112 "모베 장르는 反 문화도 하위문화도 아니다. 그것은 부르주아적 규범과 관습적인 세련됨을 거부하는 새로운 문화 형태이다." 주로 광기와 공포, 죽음과 괴물성이 주제로 나타난다. 하드 락, 범죄 소설, 공상과학 소설 등, '모베 장르'는 '악취미'에 기반을 두고 '위반'의 효과를 산출하지만 저속함이나 비열함과는 다르다.

113 김정란 역, 새움, 2007

114 노벨문학상 수상 경력의 프랑스 문학가

115 미출간

116 2014년 노벨 문학상을 수상한 프랑스 문학가

는 지성도, 책을 읽는 순간부터 더 이상 혼자가 아니라는 행복도, 우리와 플로베르, 뒤마, 지오노를 연결해주는 우애의 감정도 전혀 모를 것이다. 낙담하지 말고, 포기하지 마라. 아직은 정말로 모든 것을 시도하지는 않았기 때문이다.

정곡을 찌르자면, 당신은 남자의 취향에 몰입해 섬세하게 분석해야 한다. 오슨 스코트 카드[117]의 작품에 등장하는 마니아와 대실 해미트[118] 작품에 나오는 귀신들린 사람 사이에는 심연이 놓여 있는 것일 수 있기 때문이다. 그는 영화관에선 무엇을 보고 싶어 하는가? 〈양들의 침묵〉인가 아니면 〈반지의 제왕〉인가? 〈아가사 크리스티의 살인 사건들〉을 더 좋아하는가, 〈워킹 데드〉를 더 좋아하는가? 〈하우스 오브 카드〉에 열광하는가, 〈스타 트렉〉의 광팬인가? 어린 친구라면, 〈주르날 드 미키〉인가, 〈마블 닥터 스트레인지〉인가? 당신이 가진 정보의 양에 비례해서 최초 구매를 할 때부터 강타를 날릴 수 있는 것이다.

---

117 미국의 작가이자 평론가
118 탐정물 등을 쓴 미국 작가

무형의 것을 다룰 때는 확실한 것 속에서 실행해야 하는데, 캣 그라스가 고양이를 자극하듯이 남자를 움직이게 만드는 것이 바로 만화다. 당신의 남자뿐 아니라 어떤 남자라도 《사막의 전갈》,《XⅢ》,《웨스트》,《바람의 승객》같은 만화를 좋아하지 않을 수 없다. 결코 중간에 멈추지 않고 끝까지 갈 수 있다는 확신에 차서 모험을 떠난 당신의 남자는 위대한 작품들을 손에 쥔 채 독서라는 긴 여정을 시작할 것이다. 그는 비평가들이 모베 장르에 관해 기사를 쓰지 않는다는 사실을 거의 알아차리지 못할 것이다. (하지만 서른 살이 넘은 여주인공이 일곱 살 때 생긴 충치가 유발한 정신적 외상 때문에 자신의 삶을 망치고 있는 내용을 포함하고 있는 경이로운 소설에 대해서는 전 페이지를 할애해 쓸 것이다.) 그리고 왜 사람들이 더 이상 그런 소설들을 읽지 않는지 의아해한다.

요령을 더 배워 직접적으로 행동하라. 만화책들이 있는 좋은 서점을 한 바퀴 돌아라. 그리고 책을 담은 가방과 마일리 사이러스의 동영상보다 더 핫한 은행 카드를 들고 돌아와서 그에게 그것들을 줘라. 그러면 당신은 며칠 동안 노르웨이 왕비가 누리는 평화를 누릴 것이고, 그런 식으로 차에 다시 시동을 걸 수 있다. 만화의 말풍선에 빠져든 당신의 남자는 갖고 있던 마지막 만화책을 다 읽고 나면 더 먼 여행을 떠날 준비를 마친 상태가 된다. 당신이 그 앞에 새로운 만화책들을 내놓으면, 그는 중독된 사람처럼 탐욕스럽고 참을성 없게 굴 것이다.

모든 것이 여기에 이르렀다. 당신의 남자는 자기가 해본 마지막 도보 여행을 열정적으로 말한다. 그것은 이미 이십 년 전의 일이다(그때 이후로 당신은 해마다 같은 빌라, 같은 방갈로, 같은 캠핑 장소를 빌린다. 결혼은 움직이지 않는 모험인가?). 그에게 테송의《희망의 발견: 시베리아 숲에서[119]》, 니콜라 부비에의《세상의 용도[120]》, 채트윈의《파타고니아[121]》를 줘라. 모든 위대한 여행 문학은 소파에 누워 책을 보는 당신을 세계의 끝까지 데려간다. 우주 비행사 토마 페케가 우주 정류장에 머물며 찍어서 자신의 트위터 팔로워들에게 보낸 사진 전부를 '관심사'로 정해놓고 보면서 그의 여정을 열광적으로 뒤따르지 않는가? 그를 우주 공간을 다

---

119 임호경 역, 까치, 2012
120 이재형 역, 소동, 2016
121 김훈 역, 현암사, 2012

룬 가장 위대한 작품 중 하나인 댄 시몬스의 《히페리온[122]》과 그 후속작에 잠겨들게 하라. 그가 〈덱스터〉의 전 시즌을 보았는가? 그의 손에 토마스 해리스의 소설들을 쥐어줘라, 아니면 제임스 엘로이의 《길 위의 살인자》, 마이클 코넬리의 《시인[123]》을 줘라. 그가 국제관계나 테러리즘, 첩보 활동에 매혹되었는가? 그러면 로버트 리텔의 《더 컴퍼니》, 테리 헤이스의 《아이 앰 필그림[124]》, 제임스 그리디의 《암흑의 강》과 같은 작품들이 영원히 그를 사로잡기 위해 기다리고 있다. 그가 몰래 〈왕좌의 게임〉의 용의 여왕인 대너리스에게 빠졌는가? 그 분야에서는 데이비드 겜멜, 톨킨, 스콧 린치가 수많은 독자들을 매혹시킨다. 좀비에 쫓기는 악몽 때문에 매일 밤 그가 당신을 깨우는가? 앨든 벨의 대단한 소설 《리퍼들은 천사들이다[125]》, 외이스텐 스테네의 놀라운 작품, 《좀비 노스탈지[126]》같은 작품들을 주면 그는 책을 삼

---

122 최용준 역, 열린책들, 2009
123 김승옥 역, 알에이치코리아, 2015
124 강동혁 역, 문학수첩, 2018
125 미출간. 원제는 Rippers are Angels
126 미출간. 원제는 Zombie Nostalgie

킬 듯이 읽어버릴 것이다.

아무 상관없는 것들을 모아놓은 프레베르의 긴 리스트라면 당신이 열의가 넘쳐 막 구매한 가이드북의 모든 행을 보완해줄 수 있을 것이다. 그러니 여기까지만 하자. 부인들이여, 이 장르의 이점은 남편이 완전히 거기에 몰입하도록 설득하기 위해 가동시켜야 할 어떤 책략이나 속임수도 필요하지 않다는 사실이다. 뱀파이어, 요정, 알콜중독인 사설탐정, 시대적인 변이체들에 대한 그의 뜨거운 관심을 부추기는 데는 그저 책을 사서 건네주는 것으로 충분하다.

모베 장르는 편도행 승차권이다. 거기에 재미를 붙인 사람은 결코 돌아오지 않는다. 가끔 그가 읽는 음모가 진부하고, 낡고, 공허하다고 해도(유감스럽게도 그런 경우가 많다. 그것이 이런 장르의 법칙이다) 그는 계속 궁극의 한 지점, 완전무결한 책을 향한 추구를 이어간다. 그가 아직, 《나는 도라 수아레스였다[127]》나 《세상의 북쪽에서[128]》와 같은 책을

---

127 미출간. 원제는 I was Dora Suarez
128 미출간. 원제는 Far North

읽지 않고 발견하지 못했다면, 얼룩과 피와 생명이 조심스럽게 결집된 은밀한 그곳에서 그 책들이 그를 기다리고 있는 것이다.

지하실에만 오래 있다가 숲을 견학할 때처럼 눈이 부시게 장르 문학이 급성장한다. 마치 태양에 노출된 흡혈귀와 같다. 책을 읽지 않는 사람은 태양 아래서 재로 변했다가 머리에 단어들을 가득 채운 불사조가 되어 다시 태어난다.

그를 유혹하기 위하여

후안 디아즈 카날레스, 《블랙사드[129]》, 2000

자비에 도리송, 파비앙 누리, 트리스티앙 로시, 《W.E.S.T[130]》, 2005

그를 길들이기 위하여

제임스 카를로스 블레이크, 《권총 찬 사람들[131]》, 2001

---

129 미출간. 원제는 Blacksad
130 미출간
131 미출간. 원제는 Pistoleer

리터드 매드슨, 《나는 전설이다[132]》, 2001

함께 읽기 위하여

제임스 앨로이, 《아메리칸 타블로이드[133]》, 1997

장 클로드 이쪼, 《토탈 케옵스[134]》, 1995

 도서 추천

장르문학으로 빠져들기에는 판타지가 제격이다. 한국 판타지의 고전 《드래곤라자》(이영도, 황금가지)를 추천한다.

132 조용학 역, 황금가지, 2005
133 조용학 역, 알에이치코리아, 2015
134 강주헌 역, 아르떼, 2009

CHAPTER
7

협박

달걀을 깨지 않고는
오믈렛을 만들지 못한다

Frenchman

레이몬 챈들러의 《빅 슬립[135]》에서는 부유한 스턴우드 장군이 자기가 당하고 있는 협박에서 벗어나고자 사설탐정 필립 말로를 고용한다. 말로는 재빨리(영화에서는 험프리 보가트가 말로 역할을 맡아 '남성성'을 부각시켰다) 가이거를 협박범으로 지목하는데, 그는 겉으로는 서점을 운영하는 척 했지만 사실은 포르노를 파는 인간이다. 가이거는 암살당해 죽고, 스턴우드 장군의 딸은 발가벗은 채 약에 취해 그의 발아래서 발견되었다. 가이거는 죽어서도 묘비명조차 갖지 못하는데 로망 누아르 전통에서 협박범은 인간성의 단계에서 가장 낮은 자리를 차지하는 쓰레기와 같고, 포주는 더 말할 것도 없다. 일반적으로 볼 때 그는 야비하고, 느끼

---

135 박현주 역, 북하우스, 2004

하고, 성가시고, 뺀질거리는데다 양심의 가책이라곤 도무지 찾아볼 수 없다. 그런 인간은 거의 언제나 비참한 죽음을 맞기 마련이다.

부인들이여, 나는 여러분들이 이 장을 건너뛰어도 좋을 몇 가지 정보를 꼭 드리고 싶다. 이 장이 아니라도 이 책에는 아주 열의가 넘치는 다른 장들이 있기 때문이다. 그런데 유감스럽게도 협박이 효과적인 무기인 것은 사실이다. 나는 당신이 감정적인 협박을 혐오한다는 것을 알고 있다. 아이들에 대한 협박만으로도 충분히 저속한 일이다. 아이들을 협박하는 일에 당신이 죄의식을 갖는 것은 우리가 숨을 쉬는 것처럼 자연스러운 일이다. 당신이 빅토르에게 800유로짜리 아이폰을 사주지 않는다는 사실이 그 아이를 사랑하지 않는다는 의미는 아니다. 레아가 열두 살 때 반다나를 두르고 미니스커트를 입은 채 얼굴은 성인 영화 배우처럼 진한 화장을 하고 외출하는 것을 금지한 것도 마찬가지 의미다. 당신 어머니의 협박은 더 미묘한데, 당신은 언제나 그녀가 늙었다는 사실을 떠올리고, 어머니는 곧 홀로 돌아가실 것이니, 당신이 더 이상 어머니를 뵙지 못하게 되면,

어머니를 볼 수 있던 날들을 그리워하게 될 것이라는 생각을 하게 되는 것이다. 결국 당신은 졌다는 심정으로, 자신을 탓하는 일도 없이, 48시간이 지나지 않아서 리무쟁(가장 가까운 이웃이 32킬로미터는 떨어져 산다) 지방에 있는 어머니의 집이라는 숨 막히는 환경으로 들어간다. 스스로 목매달고 싶은 마음과 어머니를 죽이고 싶은 마음 사이에서 번민하고, 두 개의 해결책을 고르던 끝에 말이다.

그럼에도 불구하고, 우리들의 궁극의 목표(인생의 남자를 열혈 독자로 만드는 일)는 몇 가지 희생을 치를 만한 일이라는 사실을 잊지 말라. 마치 국제 형사 재판소의 재판관 앞에 나타난 모든 고문 행위자가 희생은 불가피했다고 주장하는 것처럼 말이다. 더구나 승부를 좌우하는 속임수가 전혀 없고, 잘 조직된 간단한 수단으로, 격려하기 위한 용도로만 활용하는 것이라면, 굳이 협박이라고 말해야 할까?

남자가 열두 살이 되면서부터는 그의 신경 세포의 핵심은 다리와 배 사이의 기관에 집중되기 마련이다. 거기에 세계의 운명이 달려 있다고 믿고, 그는 그 사이에 자리 잡은 우스꽝스러운 돌출물에서 대단한 자부심을 끌어낸다. 이 글을 쓰는 순간조차 수치심에 오그라들 지경이지만, 내 의무는 그만한 가치가 있으니, 나는 당신에게 그의 이런 약점을 이용하라고 명령한다. 망설이지 마시라. 책을 몇 페이지 읽는 것과 성생활을 연결시켜라.

당신의 남자에게 우리가 앞서 언급한 장르 소설을 한 권 줘라. 당신도 미리 알고 있듯이, 그는 망각이라는, 온갖 다른 길을 찾아 우회할 것이다. 며칠 동안 그의 내면에서 발정 난 짐승이 깨어나기를 기다려라. 당신이 속속들이 알고 있는 그것, 그리고 그가 습관적인 접근을 하도록 다뤄라. 구석구석 열심히 이를 닦는 것, 새삼스레 저녁 샤워를 하는 것, 잠자리에서 잠옷을 입지 않는 것. 그가 옷을 벗고 당신을 향해 들어와 소심하게 애무하기 시작한다(본론으로 바로 들어가지 않는 것이 중요하니깐 언제나 긴장 상태다). 그는 당신의 가슴, 당신의 다리, 당신의 목덜미를 두고 어찌할 바를 모른다. 간단히 말해, 그는 당신에게 덤벼들 준비가 되었다.

이런 기회를 포기하지 마라. "나는 지금 하고 싶지 않아, 지금 책을 읽잖아. 당신도 조금이라도 읽어, 그런 후에 보자"라고 말하며 단호하게 그를 거부해라. 마치 파블로프의 개처럼, 책을 읽는다는 사실과 당신과 관계를 갖는다는 사실을 그가 연결시키기까지 몇 번의 실패를 감내해야 할 것이다. 단호해져라. 그가 만약 눈을 뜨고 넷플릭스를 더 보고 싶어 한다면 그를 거부하라. 반대로 연결이 이뤄져서 당신의 남자가 책을 손에 들고 몇 페이지라도 읽은 후에 혀를 내밀고 발기한 상태로 당신을 향해 돌아온다면(만약 반대의 경우가 된다면, 주치의, 아니 성의학자와 상담을 받도록 해야 한다) 당신의 리스트를 작성하거나 다음 날 얼간이에게 보낼 복수의 메일을 미리 써두고 원래 하려던 것보다 더 해줘라. 추억에 잠겨라. 아이를 낳기 위해 회음부 절개를 하고 아이가 배앓이를 하던 밤들을 떠올려라. 작은 스침에도 당신을 사로잡았던 욕망을 기억하라. 뜨거워져라. 그가 기진맥진하고 황홀경에 빠지도록 내버려둬라. 그가 다가오려는 시도를 할 때마다 전략을 반복하라. 그는 재빨리 책 읽기와 관계를 나누는 일을 연결할 것이고, 당신은 독서뿐 아니라 새로운 성생활에서도 승자가 될 것이다. 그리고 어느 시기가 되면, 당신은 책이 없어도 언제나 어디에서나 관계를 나누게 된다. 실컷 즐겨라! 읽는 것은 중요하지만, 즐기는 것은 더 중요하다.

비록 당신이 기쁨의 절정에 이르도록 이런 권유를 하지만, 사실 수치심을 감출 길이 없다. 나는 이런 방법을 저속하다고 느낀다. 당신에게 남자의 욕구를 이용해서 그의 반응을 끌어낼 수 있다고 고백하는 일은 서글프다.

여러 해 전부터 당신은 가족에게 억지로 불구르(쪘다가 말린 밀로 만든 음식), 콩, 찜 요리를 먹게 했다. 그것은 당신을 위한 것이 아니라(당신은 여전히 날씬하다) 당신 남자를 위한 것인데, 그는 당신이 감시하지 않으면 갖은 소스를 더한 요리에 포도주를 실컷 먹고, 훌쩍 100킬로그램을 넘길 수 있다. 우리는 이미 함께 수치스러움의 경계를 넘어섰다. 끝까지 함께 괴로움을 감수하자. 소설을 읽는 일은 그에게 〈바베트의 만찬〉 약속이고, 파멸에 이르는 환락의 약속이고, 루쿨루스 집에서 열리는 화려한 연회의 약속이다. 당신의 남자는 그가 읽는 것에 비례해서 포식을 하게 된다. 콜레트식, 브르고뉴식, 조르주 심농식 송아지 고기 스튜를 섭취하면서 말이다. 그는 물론 몸이 부풀어 오를 것이다. 하지만 그가 더 이상 책이 없이 지내지 못하게 되는 시기가 되면, 다이어트 책과 52 사이즈 청바지, 영양학자의 전화번호를 주는 것으로 충분할 수 있다.

우리가 윤리와 양심의 부담을 덜 수 있도록, 격려를 해주는 쪽이 협박을 하는 쪽보다 훨씬 효과적이다. 그래서 만약 당신이 이 계열의 마지막 흔적인 성녀 솔랑주[136]처럼 전설적인 미덕을 간직하기를 원한다면, 차라리 남자의 에고를 격려하고, 기분을 맞추고, 찬양하는 쪽에 의지하라. 과대포장 할까 봐 겁내지 말라. 그의 장점에 관한 문제가 언급되는 순간부터 남자는 모든 비판 능력을 상실한다. 그가 이제 겨우《그래 그래 노랑 꼬마 자동차[137]》를 읽었다고? 친구들이 전부 모인 자리에서 당신이 당신 남자의 능력 덕분에 살아가는 것이라고 말해봐라. 그는 결국《다빈치코드[138]》를

---

136 일곱 살에 자신의 처녀를 봉헌했다는 성녀. 한 성주가 그녀의 아름다움에 반해 강제로 납치하자 저항하다가 말에서 떨어져 크게 다쳤다. 격분한 성주는 그녀의 목을 잘랐으나 그녀는 자신의 목을 들고 생마르텡 성당까지 걸어 왔다고 한다.

137 에니드 블라이튼의 어린이 책, 국내 미출간

138 안종설 역, 문학수첩, 2013

다 읽지 않을까? 그의 지성을 입이 마르게 칭찬해라. 그가 지적인 능력을 지닌 덕분에 그동안 그토록 거부하던 일을 결국 해낸 것이라고 칭찬해라. 사실 책을 읽지 않는 사람은 깊이 없는 사람임을 들키거나 책을 읽지 않는 사람이라고 다른 사람이 비웃을까 봐 겁낸다. 그러니 그의 편이 되어서 그를 격려하고 인정하라. 그는 겁을 내고 있고, 당신은 그의 유일한 지지자다.

그를 유혹하기 위하여

캐스린 크레스만 테일러, 《수취인 불명[139]》, 1999

조르주 심농, 《타인의 목[140]》, 1931

그를 설득하기 위하여

샬롬 오스랜더, 《포피의 한탄[141]》, 2008

스티븐 킹, 《다크하프[142]》, 1990

---

139 정영문 역, 세종서적, 2005
140 최애리 역, 열린책들, 2011
141 미출간. 원제는 Foreskin's Lament
142 교원문고에서 번역 출간된 적이 있으나 현재는 절판

함께 읽기 위하여

레이먼드 챈들러, 《빅슬립》, 1948

표도르 도스토옙스키, 《죄와 벌》, 1884

 도서 추천

처음 읽자마자 바로 빠져들게 만드는 책이 적당할 듯하다. 책을 놓을 수 없게 만드는 《7년의 밤》(정유정, 은행나무)를 추천한다.

수탉의 행진

저녁식사와 가족 모임은 강력한 무기

Frenchman

프랑시스 베베르 감독의 〈바보들의 저녁식사〉는 나를 불편하게 만드는 영화 가운데 하나다. 이 저녁식사를 보면서 나는 순진하기 그지없는 초대받은 손님들의 입장을 헤아린다. 아주 만족스럽게 우정을 지닌 태도로 긴장을 풀고 있는 손님의 모습이 냉소적인 장면 연출에 이용된다. 그들은 영문도 모른 채 웃음거리가 되고, 결국 조롱받고야 마는 기만의 대상이 되었다는 사실을 이해하지도 못한 상태에서 만족스럽게 다시 떠난다. 물론 영화는 성공을 거뒀고 자끄 빌레레의 연기는 대단했다. 하지만 영화는 자신을 웃게 만드는 대상보다 자기가 더 우월하다고 생각하는 위치에 관객을 둔다. 관객은 영화를 보면서 자신의 지성에 확신을 갖는다. 이기적이고 자기만족에 빠진 바보, 감독이라는 바보(아마 이 점이 베베르가 전하려 한 것일 것이다)에 대해서도 같은 감정을 갖게 만드는 영화다. 마음이 비단결 같은 불쌍한 바보를 조롱하는, 고약한 웃음을 강요하는 영화인 것이다.

종종 우리의 저녁식사도 이 영화의 리메이크처럼 보인다. 우리가 참석한 수많은 저녁 자리에서, 누군가 자신이 실업자이거나 육체노동자, 창고관리인, 식당종업원, 계산대점원이라고 소개한다면, 할 말이 없는 사람들 가운데서도 단번에 무시를 당하고 더는 존재하지 않는 유령처럼 취급받는다. 그런데 영화, 정치, 문학에 대한 재치 넘치는 대화가 전개된다면? 우리는 결국, 코드를 알아야만 하는 세속적인 대화에 매혹된 채, 행복에 겨운 세련된 파리식 태도가 지성과 감수성을 보여준다고 믿는 듯한 영화 속 배우들과 거의 다를 게 없다.

남자는 항상 빛나려 한다. 그는 자신의 위상을 지키고 싶어 하고, 다른 사람이 자신의 관점에 찬성하기를 원하고, 대화의 중심에 머물면서, 저녁 모임에 활력을 부여하고 싶어 한다. 그는 목에 힘을 주고 우쭐거리면서 자신을 과시한다. 그에게 유머가 넘친다면 초대한 사람들의 웃음을 터져 나오게 하고, 저녁 식탁에 모인 사람들을 말로 압도하고 말 것이다. 만약 그에게 유머가 없다면, 뻔한 농담을 하다가 가족을 난처하게 만들고야 말 것이다.

우리가 읽어야 하는 책들은 일반적으로 언론에서 소개해 주는, 후세에 전해져야 하는 두세 권의 명작이 아니다. 저녁 자리에 모인 사람 모두가 서로 존중할 수 있는 주제 가운데 하나를 다루는 정도면 된다. 정치나 문학보다 더 공감을 얻을 수 있는 주제를 택하면, 저녁 모임의 사람들이 갑자기 알지도 못하는 새 이름을 듣거나 고드윈 법칙[143]을 깨 버리고 결국 싸우게 되는 결과를 피할 수 있다. (작가들끼리 솔직한 동료애를 나누는 문학 축제는 예외로 한다. 그런 자리에서는 솔직한 동료애를 드러내는 대화를 나누면서 심오한 우정에 이를 수 있다.) 그때부터 읽는 일은 하나의 의무가 되고, 아주 타당한 이유로, 책을 읽지 않는 사람은 조금은 동정받고 조금은 경멸받으며 대화에서 제외된다.

---

[143] 논쟁이 길어지고 격양되면 상대를 결국 나치나 히틀러에 비교하는 발언을 할 가능성이 커진다는 것. 대화에서 그런 극단적 발언이나 비유를 피해야 한다는 불문율이 있다.

식사가 끝나갈 무렵 당신의 남자가 책을 읽지 않는다고 말했을 때 느껴지는 연민의 시선들, 갑작스러운 실추다. 그는 불과 5분 전까지만 해도 재미있는 사람이었는데 말 없는 의자로 변해버렸다. 사람들이 보내는 연민의 시선은 당신을 종종 괴롭게 만들었다. 당신은 남자에게 약간의 원한을 느낀다. 반면, 함께 있던 아무개는, 당신의 먼 친척 여동생이 달고 다니는 지독한 얼간이인데, 맙소사, 크리스마스 점심에 참석해서 최근 공쿠르 상을 받은 작품에 대해 두 시간을 떠들 수 있는 세련된 교양이 있다. 하지만 자신과 관련되지 않은 것에 관심을 찾는 데는 무능하다.

일반적으로 당신은 과잉 보상을 할 것이다. 아이들을 잘 돌보는 남편의 장점을 자랑하고(사실 남편이 밤에 자다가 일어난 것은 단 한 번이었다. 아이가 여덟 살 때였고, 당신은 출장 중이었다) 그가 가사에 동참하는 것을 부풀려 칭찬한다(가사라고 해봤자 가족이 먹을 식탁을 차리는 일이 전부다. 네 개의 접시, 네 개의 잔과 여덟 개의 스푼, 나이프, 포크를 차리는 것이다). 그의 대단한 낭만을 칭찬한다(해마다 발렌타인데이가 되면 그는 국화꽃 한 다발을 사온다). 요컨대 부드러운 방식으로 당신 자신을 웃음거리로 만드는 것이다. 이것이 교양 없음을 무마해주겠지만, 먼 친척과 같이 온 아무개는 계속해서 어느 날 아침, 심오한 자기 성찰을 하면서 화장실에서 읽은 〈누벨 옵세르바퇴르〉와 〈텔레라마〉의 발췌기사를 말한다. 그런데 바로 이 유용한 잡지에 실린 미묘한 방법 덕분에 당신의 남자는 읽기 시작한다. 더 좋은 일은 독서에 취미가 생긴 것이다. 하지만 그는 감히 결단을 내리지 못한다. 교육받기를 고대하는 수많은 하층민을 비추는 램프 같은 존재인 프랑스 엘리트처럼 배울 기회를 갖지 못한 모든 사람들이 그렇듯이 주저하는 것이다(사회의 인적 망을 무시하는 사람들은 거만한 바보들이다. 엘리트라고 한들 이제 더 이상 그들의 말이 유일한 권위를 지닌 시대가 아니다). 당신의 남자는 감히 자신이 좋아하던 책에 대해서 말하려고 하지 않는다. 나서서 말하기에는 시시하고, 자신은 저자의 문체에 대해서도 말하지 못한다고 민망해하면서 자기가 느낀 심오한 감정, 작품의 인물에 대한 열정을 말하지 못한다. 그는 대화에 집중하면서도 침묵을 지키고, 다른 사람의 말에 귀를 기울이지만, 오래전부터 사람들이 그에게 정해준 역할에 어색하게 잠겨 있다. 바로 책을 읽지 않는 사람이라는 역할.

그를 명석한 달변으로 만들고, 베르나르 피보[144]처럼 활기차고, 프랑수아 뷔스넬[145]처럼 다독가로 만드는 일은 바로 부인들, 당신들에게 달려 있다. 당신은 그가 읽은 것을 알고 있다. 그가 읽은 책은 바로 당신이 그에게 준 것들이다. 그 책들에 대한 대화를 시도하라, 질문을 던지고 그가 질문에 답하도록 하라. 당신이 함께 있을 때, 그와 함께 책에 대해 이야기해라. 그가 독서에 대해 생각하는 것과 그 이유를 말하도록 그를 자극하라. 그래서 다음 번에 친척을 따라 함께 온 아무개와 식사하게 될 때는 그가 탐독한 소설에 관한 대화를 끌어내라. 새벽이 올 때까지 그가 읽은 책들과 독서에 대한 그의 애착을 말하도록 하라. 마치 그의 의견은 중요하지 않다는 것처럼 그의 말을 자르려고 드는 모든 사람들을 단호하게 비판하라.

저녁 식사를 하는 동안 그는 안정감을 찾는다. 더 이상 망설이지 않고 자신의 독서에 대해 말한다. 책에 대해 말하는 것을 듣다가 흥미가 생기면(왜냐하면 우리는 이따금 자신

---

144 프랑스에서 27년간 독서 프로그램을 진행해온 진행자
145 문학 비평가, 편집자

들이 최근에 읽은 책, 가장 최근에 발견한 것을 정확하게 말하는 진정한 독서 애호가들을 만나기 때문이다), 종이쪽지에 책 제목을 적는다. 그의 대화 상대자는 또 다른 독자를 발견한 기쁨에 차서 자극을 받고, 대화에 참여하면서, 당신의 남자가 찬미했던 책 제목들을 받아 적는다.

가족이 모인 자리에서는 형제, 자매, 그의 어머니, 그의 아버지, 또는 당신 가족들. 공모자의 웃음을 지닌 주위 사람들 전부가 그를 예전의 상태, 즉 결코 책을 읽지 않는 사람으로 돌려놓으려고 시도한다면 단호히 제지하라. 사실 아주 어린 시절부터 우리를 낡은 집에 머물게 내버려 두는 친척이야말로 가장 도움이 안 되는 존재들이었다. 책을 읽기 시작했다고 그가 담담히 말할 수 있도록 도와라. 책읽기에 취미를 가지게 되었다고, 다시 말해 아직 열렬한 정도는 아니어도 이미 상당히 매력을 느끼는, 열정을 보일 완전히 새로운 대상을 찾았다고 말할 수 있도록 도와라. 6개월이나 1년후에 친구들과 저녁식사를 하는 어느 날 저녁, 가리의 명예, 뒤마의 위상, 발자크의 위상, 우엘벡의 재능, 모디아노의 위상 등에 대한 의견이 다른 상대에 맞서서, 그는 필사적으로

방어할 것이다. 페나크의 《말로센 말로센[146]》을 찬미하고, 모든 책을 행복하게 읽을 것이다. 그리고 자신이 찬탄해 마지않는 크리스티앙 시뇰을 모르는 비평가를 격렬히 비난하고, 필립 케이 딕, 제임스 크럼리, 실비 제르맹, 도나 타트, 에밀리 세인트 존 맨델을 발견한 기쁨을 말할 것이다.

그를 향한 시선들이 바뀌게 될 것이다. 당신이 언제나 알고 있던 당신의 남자가 박식하고, 친절하고, 사랑스럽고, 꺼벙하고, 부드럽고, 호의를 지닌 사람이란 사실을 모두 알게 될 것이다. 사람들은 그의 견해를 들으려고 그가 말하는 것을 기다리고, 거기에 동의하거나 반박할 것이다. 그는 사우디의 살롱처럼 번쩍거리는 존재가 될 것이다, 어느 날 저녁, 아마 그런 말을 한 날 저녁은 아니고, 다른 어느 날 저녁, 몇 년이 흐른 후에 기념일로 모인 자리이거나 친구들의 저녁 모임에서 당신은 누군가 그에게 "와, 너 그렇게 책을 많이 읽는구나"라고 말하는 걸 들을 것이다. 그러면 당신이 원하던 목적지에 이른 것이리라.

---

146 전인혜 역, 책세상, 2005

그를 유혹하기 위하여

피에르 바야르, 《읽지 않은 책에 대해 말하는 법[147]》, 2006

다니엘 페나크, 《소설처럼[148]》, 1992

그를 설득하기 위하여

《라가르드 에 미샤르 선집》, 1948, (19세기부터 출발)

엘라 베르투, 수잔 엘더킨, 《소설이 필요할 때[149]》, 2015

함께 읽기 위하여

마르그리트 뒤라스, 《마르그리트 뒤라스의 글[150]》, 1993

장–파트릭 망, 《크로니크》, 2003, 리바주 느와르 선집

 도서 추천

가족 간의 모임에서 고전을 읽지 않고도 아는 척 할 수 있게 만들어주는 《고전문학 아는 척 매뉴얼》(김용석, 멘토르)를 추천한다.

---

147 김병욱 역, 여름언덕, 2008
148 이정임 역, 문학과지성사, 2018
149 이경아 역, 알에이치코리아, 2014
150 윤진 역, 민음사, 2019

악의 소굴

그가 좋은 서점의 문을 열게 만드는 것

Frenchman

내 첫 직업은 파리의 서점에서 일하는 것이었다. 나는 질
문을 하는 고객들을 만났다. "책을 한 권 찾는데, 표지가 푸
른색이라고 했어요." '지식'의 장소로 들어와서 위축된 그
고객은 고등학생 자녀를 위해 책을 한 권 사러 왔는데 제목
을 잘못 알고 있었다. 나는 자기 자신과 자신의 교양에 대
한 확신이 강한 사람들, 어쩐지 주위에 경멸적인 태도를 보
이며 다른 사람들이 들을 정도로 큰 소리로 말하는 고객도
보았다. 스타에게도 조언을 했다. 친절하고, 세심한 화니
아르당, 그녀를 향해 남자라는 족속이 날쌔게 다가갔다. 재
미있고 온화한 조지안 발라스코, 위대하고 섬세한 독서가.
자신의 크고 굵은 목소리를 낮춰 말하려고 애쓰던 장 피에
르 마리엘. 그리고 자신들이 출연한 영화를 두고 파치노나
메릴 스트립인 것처럼 허세를 부리는 B급 영화에 출연한

이류 배우들.

　나는 책을 팔고, 정돈하고, 주문하던, 지나간 날들의 하루하루를 사랑했다. 서점의 탐정 소설 독자들과(우리는 그 시대의 이단이었다) 에릭 앰블러, 로스 토마스, 로빈 쿡, 젊은 제임스 엘로이(그는 장래가 유망한 신인 작가였고, 이후 과연 기대를 채워 줬다), 피에르 시냑, 그리고 우리의 신, 구세주, 우리의 사도인 장 파트릭 망셰트의 이름을 은밀하게 주고받으며 아주 친밀한 감정을 느꼈다. 그러다가 좀 더 벌이가 좋은 다른 일을 하려고 서점을 관두었다. 내게는 진열되기에 앞서 쌓여 있는 신간 서적, 성가실 만큼 질문하는 독자들, 사람 좋은 독자들의 모습이 향수로 남아 있다. 그리고 《밤의 개들[151]》을 수백 부 판매한 어떤 주들(켄트 앤더슨의 소설인데 다른 서점에서는 나가지 않았다), 프랑스 로망 느와르의 가장 위대한 편집자들인 프랑수아 게리프와 파트릭 레이날, 마르세이유의 자기 집에 들르라고 내게 주소를 주고 나서 얼마 후에 죽은 작가 장 클로드 이쪼에 대한 향수를

---

151 미출간. 원제는 Night Dogs

느낀다. 나는 모든 서점 주인들에게 신세를 졌는데, 그들은 안내자였고 나를 이끈 탐험가들, 나의 자크 카르티에[152], 나의 마르코 폴로였다.

좋은 서점의 문을 연다는 것, 그것은 긴 여행을 떠나러 승선하는 것이다. 우리는 언제나 그 여행에서 변화해 돌아온다. 여러분도 그 사실을 알고 있고, 여러 해 전부터 당신의 심장이 이끄는 대로 당신에게 편안함을 주는 서점을 찾아 돌아다녔다. 당신이 다른 서점에 들어갈 때마다, 인터넷에서 책을 한 권 살 때마다, 마치 부정한 여인처럼 살짝 죄의식을 느끼기도 하지만, 다른 곳을 둘러볼 수 있다는 사실에 행복해진다. '나의' 자라, '나의' 에이치엠이라고 말할 생각이 없어진 지 한참이 되었을 때조차, 당신은 여전히 '나의' 서점이라고 말한다.

단골 서점의 사람들은 당신을 알아보고, 당신을 기억해낸다. 그들은 당신의 호불호를 안다. 그들은 공모자의 미소를 지으며 당신 마음에 들 신간 서적을 소개한다. 당신이 읽지 않았고 사람들의 기억에서 잊힌 훌륭한 소설을 권

---

152 프랑스의 탐험가. 캐나다 지역을 처음 탐험한 유럽인

하기도 한다. 당신은 자부심에 가득 차서 계산대에서 도장이 찍힌 작은 쿠폰을 꺼내 당신의 이름을 외치듯 말한다. 왜냐하면 당신은 바로 우수 고객 카드를 갖고 있고, 비밀스럽고 낯선 종족, 바로 독자가 되는 마법의 주문을 지녔기 때문이다. 당신이 5퍼센트 할인받는 날은, 그야말로 신난다! 정확하게 계산해보면 당신은 5.25유로의 할인을 받았다. 하지만 그것이 로또에서 1등상을 탄 것처럼 만족스러울 수 있다. 게다가 할인받은 것을 축하하려고 당신은 책을 한 권 더 산다.

다른 장소와는 다르다. 당신이 서점에 들어갈 때는 2만 3천 번째 사람을 지켜보는 것 같은 안전 요원의 무감각한 눈길을 느끼지 않아도 된다. 안전 요원은 사람을 너무 오래 보려고 하지 않는데, 그의 신경은 마치 몰핑 소프트웨어처럼 얼굴을 너무 많이 봐서 지쳐 있다. 그런데 당신의 서점에서는 계산대 직원이 당신에게 미소를 짓고, 일이 바쁜 판매원도 당신에게 어떤 소리도 내지도 않고 "곧 가겠습니다"라고 속삭이듯 은밀한 신호를 보낸다. 당신 곁에는 다른 사람이 이미 있고, 그 직원도 당신을 알지만 그렇게 잘 아는 것은 아니다. 그가 당신의 이름을 부르며 인사를 하고, 필요가 있으면 자기를 부르라고 말하지만, 당신을 담당 직원에게 넘기는데, 담당 직원은 당신이 방문한 시간 내내 당신에게 전념할 것이다. 당신의 서점에서는 엘리자베스 2세 여왕도 당신만큼 환영받지 못할 것이다. 그곳에서는 바로 당신이 여왕이다.

담당 직원이 왔다. 당신은 가벼운 농담을 잠깐 나눌 수 있고, 악의 없는 장난을 칠 수도 있고, 웃음을 나누며 공모자가 된 심정으로, 지나치게 과대평가된 이런저런 작가에 대한 싫은 마음을 털어놓을 수도 있고, 책장 사이를 돌아다닐 수 있고, 새로운 시도를 해볼 수 있고, 그의 조언을 따를 수 있고, 가끔은 반박할 수 있고, 그리고 단지 그가 찌푸리는 것을 보려고 일부러 그가 싫어하는 책을 집을 수 있다. 이어 당신은 아동용 책이 있는 2층으로 올라간다. 여기에서도 사람들이 당신을 안다. 그들은 당신의 아이들, 빅토르와 레아의 나이를 알고, 그 아이들이 좋아하고 싫어하는 책들을 안다. 마침내 당신이 계산대로 가서 책을 달라고 하면, 서점 사람들이 미소를 지으며 예쁜 끈을 사용해서 묶은 책꾸러미를 건넨다.

당신은 구겨지고 포장용 상자처럼 테이프가 붙은 보기 흉한 선물을 교환하려고 두 시간 동안 줄을 설 필요가 없다. 당신을 책임지고 있는 직원이 당신을 위해 문을 잡아주면 당신은 그 문으로 빠져 나간다. 당신은 길 위에 있지만, 마침내 무언가 특별하고 예외적인 사람이 되었다. 인정받고 환영받는 존재.

이 서점에, 당신은 당신의 남자를 억지로 데려가지 않을 것이다. 당신은 거기에서 집처럼 편안함을 느끼고, 그는 여왕의 배우자처럼 대접을 받을 것이다. 아니, 당신은 단골서점에 있는 그를 만나게 될 것이다. 그의 장소, 그의 은거지, 단지 그만의 장소. 탐색 차원에서 당신은 먼저 혼자 거기에 가서 지나가는 손님 노릇을 하면서 누구에게도 아무런 요구도 하지 않고, 책값을 지불하고 떠난다. 당신은 서점을 체험해보기 위해, 이제는 그가 책을 읽기 시작했으므로, 당신의 남자가 선택한 소설에 몰입한 사람이 있는지 탐지하려고 갈 것이다. 그들은 만족하게 될 것인가? 회색 눈의 아기씨는 공상과학 소설 마니아인데, 그녀가 그를 유혹하고, 안내하고, 그의 장벽과 소심함을 극복해낼 수 있을까? 탐정소설과 만화 전문가인 그는 그녀와 공모자이자 책읽기 친구가 돼 함께 리아드 사투프, 페넬로페 바지외, 모텡의 만화를 발견하고 같이 웃을 수 있을까? 서점 선택은 연금술과 관련 있다. 당신의 남자가 서점을 집처럼 느껴야 할 것이다. 친구들과 열기가 있어야 한다. 그의 선택을 비웃지 않을 지지자에 둘러싸인 채, 그의 발견을 함께 나눌 수 있는 장소로서 그렇다.

그렇다, 당신은 선택했다. 그것은 보통 규모의 서점이고, 판매원들은 미소를 짓고 있고, 분위기는 차분하고, 서점에서 시간을 보내는 고객이 책을 사야 한다는 부담을 갖지 않으며, 잘 알려진 곳도 아니고, 세속적인 느낌도 아니고, 현학적인 느낌도 주지 않는다. 사람들은 거기에서 시간을 보낼 수 있고, 누구도 자신의 시계를 들여다보지 않으며, 서점 주인은 말없이 서서 당신이 책장 사이를 찾아다니게 내버려 두지만, 아주 사소한 질문의 시선이라도 느껴지면 서둘러 다가온다. 만약 당신이 당신의 서점을 그렇게나 좋아하지 않는다면, 당신은 바로 그의 서점을 단골로 고를 것이다.

당신의 남자를 그곳으로 오게 만들려면, 아이들이 없는 어느 하루를 선택하라(서점에 아이를 데려오는 일은 너무나 부담스럽다. 당신도 알 것이다. 수요일 오후[153]가 되었을 때 젊은 서점 주인의 얼굴에 나타난 근심을 보라. 도심 산책, 둘이서 오붓하게 여기저기 돌아다니고 싶은 욕구를 핑계로 내세워라. 범행을 감행할 구역에 이르면, 우연히 가게를 발견한 것처럼 꾸며라 ("아, 여기 봐, 당신 여기에 서점이 있었던 것 알았지, 여기.") 아무것도 사지 않겠다고 약속하고, 재빨리 한번 돌아보자고 제안해서 함께 들어가는 것이다. 그가 좋아할 만한 책이 있는 곳으로 당신의 남자를 안내하라. 그가 다소 어색하게 탐색을 시작하고, 한두 권의 책을 집어 들어 뒤적이다가 책을 소개한 표지를 읽은 후에는 잠시 멈춘다. 그는 감히 책을 사려 하지 않는데, 그에게 책을 주는 사람은 늘 당신이었기 때문이다. 그는 책에 있는 메모들을 읽다가 그 가운데 하나에서 멈춰 책을 만지면서 망설인다. 바로 당신이 포착해야 하는 순간이다. 조용히 서점의 판매원을 불러 좋은 책인지 묻고, 직원이 칭찬하는지, 열광하는지, 다른 책을 권

---

153 프랑스는 수업 체계를 만들면서 수요일을 휴교일로 정했다. 카톨릭 국가인 프랑스였기에 그날 가정에서 교리를 공부하라는 의미였다. 정교 분리가 분명해진 현대에서는 수요일에 운동이나 음악 등의 개인 과외 활동을 하는 게 일반적이다. 그러다가 올랑드 정권에서 그동안 휴교일이었던 수요일에 오전 수업을 실시하기로 했다.

하는지 의견을 들어본다. 그리고 "여보, 나는 아동 서적 매장에 올라가볼게"라고 말하면서 그들끼리 토론하게 내버려두고 잠시 사라진다. 계산대의 직원이 당신에게 혹시 고객카드를 갖고 있느냐고 물으면, 아니라고 하지만 곧 발급받을 것이라고 하면서 "그럴 거죠, 당신"이라고 말해라. 그의 이름으로 카드를 발급받아 그에게 그것을 내밀어라. 그는 잠시 망설이다가 라스 베이가스행 표를 받은 로또 구매자처럼 그것을 바라보고, 자신의 지갑에 카드를 넣어둔다. 물론 그가 서점 출입에 익숙해지고, 서점 사람들이 그를 알아보고 미소를 지으려면, 당신이 그와 함께 두세 번은 더 들러야 할 것이다. 그러다가 어느 날, 그가 혼자서 서점에 갈것이다.

그러다가 언젠가 당신은 '에스아 서점'이라는 이름이 적힌 금박의 종이 꼬리표가 붙은 책을 기념일 선물로 받게 될것이다. 당신은 살짝 실망할 것인데, 정말 원한 것은 미니원피스, 모노핀, 스케이트 같은 것들이었기 때문이다. 그래도 선물 받은 책 한 권마다 격하게 기쁜 척하면서 감탄을 늘어놓아라. 설령 당신이 좋아하는 책도 아니고《폭풍의 언덕》,《오만과 편견》처럼 당신이 열서너 살에 이미 읽은 책들이라고 해도……. 당신의 남자에게 그 책들을 권한 사람은 바로 그의 단골 서점 주인이다. 그 사람은 당신을 모르지만 당신의 남자를 알아보기 시작하고 그가 방문할 때마다 무척 반기기 시작한 참이다. 그리고 그의 교양과 매력, 영혼의 선량함, 친절함을 더해서(그렇다, 당신의 남자가 서점 주인에게 심정적 전이를 한다. 그런 일이 일어났다) 당신의 선물을 고른 것이고, 그렇게 완벽한 서점 주인 노릇을 한 것이다.

몇 주 후, 또는 몇 달 후, 당신의 남자는 자부심에 차서 '나의' 서점이라고 말할 것이다. 그도 가끔은 단골 서점을 배신하고 다른 서점에서 책을 사기도 하는데, 그것은 단지 당신의 서점이 어떤지 보려고 당신과 함께 당신의 서점에 가는 경우만 그렇다. 그는 당신의 서점이 그의 단골 서점보다 훨씬 못하고, 덜 멋지고, 격조가 떨어지고, 덜 친절하며 그의 전문 분야인 이런저런 주제의 책이 부족하다고 생각할 것이다. 말하게 내버려 둬라. 각 서점은 독특하고, 우리는(여기서 우리는 군중으로서 우리다) 그 서점에서 우리의 항구를 발견할 권리가 있다.

내가 파리에서 다니던 서점을 그만둘 때, 마지막 근무일에 동료들이 각자 한 권의 책을 내게 줬다. 그들끼리의 내기였다. 내가 진가를 인정받지 못한 걸작을 발견하게 만드는 일이었다. 각각의 작품들은 지금 나의 팡테옹에 모셔져 있다. 다음 작품들이다.

존 코스비, 《계절의 절정》, 1981

조 홀드먼, 《영원한 전쟁[154]》, 1976

다케시 가이코, 《로마네 콩티 1935》, 1993

셀마 라겔뢰프, 《포르투갈 황제》, 1943

프레드라그 마뜨베예비치, 《지중해 성무일과서》, 1992

피에르 미숑, 《미약한 인생들》, 1984

 도서 추천

요즘 특색 있는 서점들이 많이 생기고 있다. 동네서점 (https://www.bookshopmap.com) 사이트에서 주변에 어떤 서점이 있는지 확인해 보자.

---

154 김상훈 역, 황금가지, 2016

이중간첩

그의 어머니를 이용하라

Frenchman

로맹 가리의 어머니는 젊었을 때 러시아의 배우였고 당
뇨병 환자였는데 민박집을 운영하면서 혼자 아들을 키웠
다. 그녀는 살림이 어려운 가운데도 아들의 교육에 열의를
쏟았고 대단한 야심을 지녔다. 가리가 아주 어린 시절부터,
그의 어머니 미나는 아들의 머리에 명예와 사회적 성공에
대한 꿈을 가득 심어주었다. 그가 위대한 외교관, 중요한
예술가, 영웅이 될 것이라는 꿈.

　1940년에 가리는 초기의 저항 운동가 가운데 드골에 합
류해 독일 나치에 맞선 전쟁에 참여했다. 가리는 자유 프랑
스의 공군 부대에서 영웅적인 공을 세운 중위로서 전투를
끝냈고, 프랑스 해방에 대한 공로로 훈장을 받았다.

그가 《새벽의 약속[155]》에서 말한 것처럼 전투에 참여하는 기간 내내 니스에 계신 어머니의 격려를 받았다. 어머니는 그에게 편지를 써서 그를 안심시켰고, 살고 있던 동네의 자잘한 소식을 전하면서 자신의 안부를 전했다. 가리는 프랑스로 돌아와 자기 앞에 선 어머니를 꽉 안아드리고, 자신이 어떤 존재가 되었는지를 말씀드리고, 자신의 공군복을 보여드리려는 열망을 품고 서둘러 어머니 곁으로 갔다. 그런데 어머니는 1941년에 이미 돌아가셨다. 죽음이 다가오는 것을 느끼자 그의 어머니는 아들에게 보낼 수십 통의 편지를 미리 써서 이웃에게 규칙적인 간격을 두고 부쳐달라고 맡겼다. 전쟁 영웅이었던 가리는 외교관이 돼 로스앤젤레스의 프랑스 총영사까지 올랐고, 당대의 가장 위대한 작가 가운데 하나가 되었다. 고아인 그가 어머니의 꿈을 실현시킨 것이다.

어머니들은 전부 극성스러운 구석이 있는 법이다. 세상의 어머니들이 아들과 맺은 관계는 필다르에서 나온 양모

---

155 심민화 역, 문학과지성사, 2007

라기보다 강철밧줄에 더 가까운 것으로, 죽음을 넘어서도 서로 연결되어 있다. 내 어머니의 눈에서 나는 항상 내가 위대하며 멋지고 지적이고 재미있는 일을 하게 될, 특별한 존재라는 느낌을 받았다. 내가 분별없는 행동을 하더라도 언제나 용서와 사랑, 관용을 느꼈고, 내가 잘못된 길을 걸을까 봐 걱정하는 마음을 느꼈다. 스탈린조차 자신의 어머니에게는 고분고분하고 선량한 성품을 가진 착한 아들이었음이 분명하다.

당신의 남자를 장악하고 싶고, 그를 별로 바람직하지 않은 성품에 행실도 좋지 않은 그의 어머니와 분리시키기 위해 뭐든지 하고자 하는 당신으로서는 이런 선택을 받아들이기가 아마 쉽지 않을 것이다. 나는 당신과 시어머니 사이가 가족 모임마다 국제 연합군이 반드시 필요한 정도로 험악하진 않다고 해도, 추운 겨울에 남극에서 황제 펭귄이 낳는 알보다 열기가 부족한 관계라고 상상한다. 하지만 당신의 남자가 책을 읽도록 밀어붙이는 참호전에서 시어머니는 소중하고 육중한 대포 받침대처럼 결정적인 동맹이 될 수 있다. 그녀의 마음과 당신의 입장에 대한 그녀의 지지가 필요하게 될 것이다.

세 가지 선택이 우리에게 주어진다. 첫째 흔치 않은 2월 29일처럼 시어머니와 당신이 서로 기적적으로 잘 이해하고, 거의 친구처럼 지내면서 남편이나 아이 없이 서로 정기적으로 만나 차를 마시거나 20년 된 맥켈란 위스키를 마시는 사이인 경우. 둘째 당신들이 서로 마음 속 깊이 증오하는 경우. 몇 시간 동안 함께 있는 일조차 둘 모두에게 시련이다. 가족 안의 분단된 국가인 양 중무장을 한 채 각자 따로 있어야 평화롭다. 셋째 더 이상, 언제나 서로 말하지 않는 경우. 당신과 시어머니는 결코 서로 마주치지도 않는데(아이들을 할머니 할아버지 댁에 데려다 주는 사람은 바로 당신의 남자다), 은밀하게 상대가 죽기를 바란다.

시어머니와 당신이 우애로운 감정을 가진 첫 번째 경우, 당신의 남자를 설득하는 일에 힘을 합치는 것은 간단하다. 평소보다 더 자주 그의 부모님을 점심에 초대해서 문학에 관한 대화를 나누고, 어머니가 듣는 자리에서 그의 책읽기를 칭찬하라. 내막을 알고 있는 시어머니는 아들의 달라진 모습에 자부심을 느끼며 아들 앞에서 감탄할 것이다. 그리고 그녀가 아직도 가지고 있고, '쇼코 베엔' 간식 얼룩이 묻어 있는, 아들이 무척 좋아하던 《럭키 루크[156]》가 얼마나 작았는지 상기시킬 것이다(이것은 사춘기 아들이 매트리스 아래 감춰둔 소장용 포르노 만화들에 대한 언급을 피하기 위한 것이다). 그녀는 환각제를 복용하고 그린 그림 색깔 같은, 입지 못할, 똑같은 스웨터를 주는 대신 아들에게 자신이 좋아했던 책을 주려 할 것이다. 패트리샤 하이스미스의 중독성 있는 이야기들, 뒤라스의 《태평양의 방파제[157]》, 사강의 《핑계》, 바르가스의 형사 '아담스베르그' 시리즈.

두 번째 경우는 훨씬 미묘한데, 미소 간의 냉전은 크리스마스의 낭만적 코미디로 여겨질 정도의 심각한 냉전 상태에 있는 깊은 갈등 관계의 경우라면 외교라는 보물을 필요로 할 것이다. 시어머니는 당신을 사랑하지 않는다. 그녀는 오래 전부터 당신이 선택하는 것들은 뭐든지 비판했고 아이들의 아버지, 그러니깐 자신의 아들에게 전부를 빚지고 있는 것이라고 생각한다. 꾀를 내라. 어쩔 수 없이 가야 하는 가족 모임 중에 서로 공격하지 않고 말할 수 있는 순간

---

156 벨기에의 만화가 모리스 서부극 만화
157 김정란 역, 새움, 2007

이 오면 어이없는 말을 할 때의 도널드 트럼프의 억양을 흉내 내 소설을 연결시키면서, 책읽기에 빠진 당신 남자의 변화를 말하라. 당신이 그에게 줬던 책을 강조하고, 책의 몇 페이지를 인용하라. 시어머니는 당신이 말하는 전부를 나쁘다고 생각할 것이고, 당신을 시어머니가 없는 안락한 곳으로 가라는 듯 당신 가족을 내몰면서, 마침내 괴로운 식사 자리를 끝내버릴 것이다.

당신의 남자가 당신 품안에서 거친 숨을 내쉬면서 쾌락을 누린 날, 시어머니는 경쟁에서 패배한 감정에 빠지게 되고, 당신은 그녀의 급소를 찔렀다. 시어머니는 도전을 받아들이고 싶어 하고, 그녀 역시, 아니 더욱 잘, 그것도 더 좋은 책을 아들이 읽게 만들 수 있다는 사실을 전혀 관심이 없는 세상에 보여주기를 원한다. 당신의 남자는 어머니가 권하는 책들로 뒤덮일 지경이 될 것이고, 어머니는 아들이 그 책을 읽었는지, 그가 그 책들에 대해 무슨 생각을 하는지, 아들도 자기처럼 잇을 수 없는 구절을 발견했는지를 알려고 들볶을 것이다. 아들은 어머니를 기쁘게 해드리기 위해 그리고 얼마간 평안해지기 위해 어머니가 주신 책 중 몇

권을 읽어야만 할 것이다. 당신의 작전은 다른 이점을 누리게 될 것인데, 단지 부모님 댁을 방문하는 관점에서 봐도, 얼마 동안 약물 복용을 한 사이클 선수보다 더 많이 책을 가지고 돌아와야 하는 당신의 남자가 부모님 댁에 더 간격을 두고 방문할 것이기 때문이다.

끝으로 당신 남자의 어머니와 여러 해 전부터 말을 나누지 않는데다 장례식에서나 볼 만한 사이라면, 아이들을 이용하라. 이것은 부도덕하지만 효과는 있다. 푸아투 지방의 할아버지 할머니 집에서 일주일을 보내려고 떠나는 빅토르와 레아에게 아빠가 요즘 점점 더 책을 많이 읽는다고 할머니에게 잘 말하라고 상기시켜라. 당신은 당신의 남자와 함께 십대처럼 살고 싶어서, 개수대에 더러운 그릇들을 그대로 두고, 재빨리 관계를 나눈다(우리는 그렇다. 우리는 아이들을 너무 사랑해서 애들을 다른 사람에게 맡기는 일을 정말 좋아한다). 당신은 메시지가 전달되기를 바랄 수 있을 뿐이다. 씨앗은 이미 심어졌다. 며칠 후에 집에 돌아온 당신의 남자가 아이들을 데리고 자기 부모님 댁에서 여름을 보내겠다고 하면 당신의 꾀가 통했다는 사실을 알 수 있을 것이다(당신이 친구들과 8월에 모여 스피리츠를 과하게 마실 수 있는 축복받은 날이다). 당신의 남자는 그의 어머니가 흥미로워할 것이라고 생각해 넣어준 책들로 터질 듯한 가방을 들고 돌아올 것이다. 가방에는 그가 먹어야 할 통조림까지 들어 있다. 시어머니 생각에 당신은 그가 배고파 죽을 지경이 되도록 내버려두는 사람이기 때문이다. 그리고 다른 좋은 소식이라면, 그가 그 책들을 읽는 데 몇 달은 걸릴 것이라는 사실이다. 왜냐하면 당신은 그가 혼자서 다시 그 마귀할멈 집에 가는 것을 지켜볼 마음이 없기 때문이다. 매번 그렇듯이, 그는 5킬로그램이 더 쪄서 돌아왔고, 여섯 살 아이로 평생 머무는 생생한 지옥에 혼자 다녀왔다는 무언의 비난을 드러낸다.

부인들이여, 당신들은 아마 어머니 그늘에 있는 남자보다 고아인 남자를 더 좋아할 것이다. 애지중지하던 외동딸이거나 형제자매들과 어우러진 대식구이거나 상관없이, 당신 부모의 집에 가는 즐거움 속에는 남자의 가족 모임에서 당신이 느껴야 했던 불편함이 없다. 그의 가족 사이에서 당신은 언제나 혈족이 아닌 존재, 그다지 반갑지 않은 존재로 느껴졌다. 멀리 있는 사촌이 준 볼품없고 잘 깨지지 않는 골동품 같은 존재로 말이다. 우리 모두처럼, 그도 그래야 한다. 당신의 남자는 물론 다정하고 성실한 연인이고 좋은 아빠다. 아, 그러나 그는 누군가의 아들인 것이다.

그를 유혹하기 위해서

로맹 가리, 《새벽의 약속》, 1960

마르셀 파뇰, 《마르셀의 여름》, 1958

그를 설득하기 위하여

알베르 코헨, 《내 어머니의 책[158]》, 1954

로랑 모비니에, 《계속하라》, 2016

함께 읽기 위하여

마르그리트 뒤라스, 《태평양의 방파제》, 1950

자비에르 우쎙, 《내 어머니의 죽음》, 2008

---

158 조광희 역, 현대문학, 2014

 도서 추천

한국 남자에게 어머니에 대한 미안함을 자극하는 데에는 《엄마를 부탁해》(신경숙, 창비)만 한 책이 없다.

Frenchman

오래된 것들의 역량

왜 고전을 읽는가

나는 시립 미디어자료관의 아이다. 우리 부모님은 내게 흔쾌히 책을 사주셨지만, 내가 워낙 탐식하듯 읽었고, 갈망하는 뇌와 독수리의 눈(거의 연구되지는 않았지만, 사팔뜨기 독수리가 존재한다)을 지녔기에 부모님은 서둘러 내게 사르셀 도서관의 카드를 주셨다.

책에 대한 내 열정을 진정시킬 수 있었던 곳이 바로 거기였는데, 사서 선생님이 나를 알아보고 내가 대출할 수 있는 책의 수를 늘려주며 격려해주었다. 그 선생님이 가상의 이용자를 하나나 둘 만들어냈던 것이 아닐까 짐작한다. 그 이용자들 덕분에 나는 3주에 20권의 책을 대출받아 도서관을 나올 수 있었다. 등은 구부정하고(책은 모든 것에 좋지만 척추변형만은 예외적으로 나쁜 결과다), 팔은 있는 대로 뻗어서 몸을 구부리지 않고도 신발끈을 묶을 정도였다. 아주 빠르게 나는 청소년 서가의 책들을 다 읽었는데, 특히 그 시기에 간행된 아세트 출판사의 〈비블리오떼끄 로즈 에 베르트[159]〉와 나탕 출판사의 〈루즈 에 오르[160]〉에 수록된 책들이었다. 나는 불안하게, 육체가 슬프다는 것[161]을 채 알지도 못한 상태에서, 서가의 책을 전부 읽는 순간이 다가오고 있음을 알았다. 세귀르 백작부인과 숄레, X 중위와 모리스 르블랑의 책들. 어느 날 엄마와 함께 도서관에 갔을 때 내게 조언을 해주던 사서 선생님이 엄마에게 내게 성인용 장서에 해당하는 소설들을 권해도 되겠는지 물었는데, 그녀가 선별한 책들이었다. 그것은 다른 시대의 책들이었다. 책 안쪽에는 15세 미만은 읽을 수 없다는 첫 구절이 쓰여 있었다. 나는 거기에서 난파를 당해도 지켜낼 열 권의 소설에 속하는 《삼총사》, 《주세페 발사모》, 《아이반호》, 《퀜틴 더 워드》, 《파르다이앙》, 《프라카스 대장》 그리고 몬테 크리스

---

159 어린이 도서 모음, Bibliotheque rose et verte(분홍과 녹색 서재)

160 어린이 도서 모음, Rouge et or(빨강과 금색)

161 말라르메의 시, '바다의 미풍 Brise marine'에 나오는 구절을 암시. "육체는 슬프다 아아 그리고 나는 모든 책을 읽었구나[...]"

토의 복수와 에스메랄다의 고통을 발견했다. 오늘날에도 여전히 도서관은 가난한 사람들의 학교이고, 고전은 그들의 인문학이다.

부인들이여, 만약 한 권의 책이 여러 세기의 시련을 거쳐 살아남았다면, 세월의 흐름과 현대성, 나쁜 책들을 뚫고 살아남은 것이라면, 그 책은 당신의 남자와 그의 독서를 만족시켜 줄 수 있다. 식탁에 내놓지 않는 뛰어난 품질의 포도주처럼, 엄격한 질서에 매이지 말고, 여전히 지혜롭게 과거의 책들을 이용해야 한다.

그렇게 해서 읽는 데 거의 취미가 없던 남자가 저녁마다 잠들기 전에 몇 페이지를 읽는데, 몽테뉴의 《수상록》와 같은 책은 견디지 못할 수도 있다. 사실 《수상록》는 이제껏 쓰인 책 가운데 가장 지적인 책이라고 할 수 있지만, 거기 쓰인 옛날 불어는 훈련된 독자도 싫증나게 할 수 있다.

쉬운 것, 확실한 것, 분명한 것으로 시작하자. 만약 당신의 남자가 모험이야기를 좋아한다면 뒤마가 있다. 그는 자신이 살던 세기와 활동 장르에서 두드러진 존재감을 보여준다(아버지 뒤마를 말한다. 레아 세두[162]도 말했지만 유감스럽게도 재능은 유전되지 않는다). 얼음 감옥의 절대적인 고립과 동시에 무협소설의 전투가 야기하는 열광을 일으키는 거장의 작품은 강력한 중독 효과가 있다. 만약 그가 정치 에세이나 빛나는 전기를 좋아한다면, 모파상의 《벨아미[163]》, 발자크의 《잃어버린 환상[164]》 같은 작품들이 그의 혼을 빼앗을 것이다. 만약 그가 신문을 읽으며 미소를 짓는 비판적 사유의 소유자로, 소설 속에서 일관성이 결여된 경우 저자를 공격하고 싶어 하는 사람이라면, 디드로의 《운명론자 자크와 그의 주인[165]》이 즐거움을 줄 것이다.

당신의 남자가 기술찬양론자라면? 쥘 베른. 애정이 넘친다면? 톨스토이. 전투력을 지닌 영혼이라면? 셰익스피어. 우수에 잠겼다면? 보들레르. 기성 질서에 비판적이라면? 몰리에르, 보마르셰. 좌파? 졸라. 우파? 바레스. 신앙가?

---

162 엄청난 재벌가의 자식이시만 현재 배우로 활동하고 있다.
163 국내에 여러 번역본이 출간돼 있다.
164 역시 국내에 여러 번역본이 출간돼 있다.
165 김희영 역, 민음사, 2013

바르베 도르빌리. 무신앙가? 발레스. 탐식가? 위고. 예민한 영혼? 스탕달 등등.

　위대한 고전 작가는 우리와 그들을 가르고 있는 죽음 저 너머에서, 우리의 가장 좋은 친구가 돼주는 마법 같은 힘을 지니고 있다. 가령, 지오노와 나는 서로 자주 이야기를 나누고, 거의 항상 같은 의견에 도달한다. 플로베르는 나와 친밀한 관계다. 도스토예프스키는 형제와 같다. 내가 읽고 또 읽는, 어떤 이는 어린 시절부터 함께했다, 나의 동반자들인 작가들은 전부, 결코 나를 실망시키거나 배신하지 않았다. 그들은 이미 죽은 작가라는 적절한 거리를 유지하면서, 가장 좋을 때나 가장 나쁠 때나 나와 함께했다. 흠모의 대상이지만 닿을 수 없는, 다정하지만 그들의 자리에 그대로 머무는 그런 존재들.

　결코 돌아볼 수 없던 상상 속 낙원의 문들이 당신의 남자 앞에서 열린다. 문학은 위대한 작품들이 너무나 많아서 다함이 없다. 디드로를 좋아하는 그는 포토츠키의 《사라고사에서 발견된 원고[166]》를 읽을 준비가 된 것이다. 뒤마의 뒤에는 제바코, 고티에, 스콧, 살가리, 사바티니, 디킨즈(정말 천재!), 윌키 콜린스, 외젠 쉬, 수베스트르와 알랭. 너무나 많은 작가들이 기다리고 있다. 발자크, 스탕달, 플로베르와 모파상은 여러 달 동안 독서를 하기에 충분하다. 이제 눈앞에서 19세기가 저물고 20세기가 떠오른다. 프루스트와 셀린이 기다리고 있고, 이어 아라공과 드리외 라로셸, 카뮈와 말로가 있다. 러시아 작가들은 군단을 이루고, 미국 작가들의 수가 빠르게 늘어나고, 영국 작가들은 옛 명성을 유지하고, 이탈리아 작가들은 놀라움을 주고, 독일 작가들은 성찰적 추론을 한다. 어느 날 그는 기마랑스 로사, 가르시아 마르케스, 보르헤스, 바르가스 요사 등 남미 문학에 묻혀 잠이 들고 다음 날은 오에, 소세키, 가와바타 등 일본 문학을 읽으며 깨어난다.

그러면서 독서에 관한 열광과 미지의 땅을 발견하려는 욕망이 그를 사로잡는다. 여기 당신의 아파트에 움베르토 에코의 도서관을 새로 설치한 탐험가가 있다(금세 그는 시골

---

166 임왕준 역, 이숲, 2009

에 있는 집이나 건조한 지하 저장고 또는 북크로싱(다른 독자의 즐거움을 위해서 우리가 읽고 좋아하는 책을 공공의 장소에 두는 것)을 생각한다). 늦게 책을 읽기 시작한 다른 모든 사람들처럼, 모든 것이 그를 반겨준다. 당신이 안다고 생각하는 것을 그는 발견한다. 잘 정돈된 채소밭에 들어온 토끼처럼 그는 흥분하고, 들추어내고, 발견한다(게다가 대부분의 고전들은 문고본이어서 아이들을 다치게 할 염려도 없다). 그는 오웰이나 베르나노스의 책 한 권을 두고 여러 시간 동안 말할 수 있고, 《인간 희극[167]》 전편을 다 읽을 수 있다.

독서에 관해서라면 독학자들은 폭식증 환자와 같다. 그들은 자신들을 피해간 지식을 끌어안기를 원하고, 자신들에게 감동을 준 작가의 모든 작품을 읽으려 애쓴다. 그들의 손에 고전을 한 권 맡기는 것으로 충분하다. 인류 문화의 전 분야에 심취한 그들이 있다. 그들에게 인류 문화는 스스로 채굴하여 이용하고자 애쓰는 금맥이다. 그에게 동갈라를 주면 그는 에메 세제르를 향한 길을 낼 것이고, 라부 탄시, 치카야, 샤므와조, 마방쿠, 함바테 바, 월레 소잉

---

167 안정효 역, 문예출판사, 2006

카를 향해 갈 것이다. 그들이 그저 세계의 작가라는 사실, 다른 향기와 다른 삶을 발견한 자들이라는 사실만을 공통점으로 지닌다고 해도 그렇다. 그에게 다우드를 주면, 그는 라쉬드 미무니, 상살, 벤 젤룬, 카드라, 지브란, 마푸즈, 《천일야화[168]》를 향해 갈 것이다. 위대한 문학은 경계, 피부색, 국적을 뛰어넘는다. 위대한 독자는 무국적자다.

학교에서 고전 문학 교육은 갈림길에 놓여 있다. 나는 샤를르 보봐리의 모자에서 자신 어머니의 질을 연상했던 교사를 기억한다. 그리고 중학교 1학년, 아이가 열한 살일 때, 딸아이에게 그리스 비극 작품해설과 《길가메쉬》에 흥미를 갖게 만든다고 하던 교사도 기억한다. 나는 또한 (얼마나 감사한지!) 손에 장검처럼 자를 들고, 교실 단상에서 코에 관한 긴 설명을 되풀이하면서 내게 《시라노 드 베르주라크[169]》를 건네준 선생님을 기억한다. 그리고 네르발을 내 팡테옹까지 올려 보내는 법을 알았던 마담 블랙스톤도 기억한다. 학교는 바로 그렇게 가르치기 위한 곳이고, 그것

---

168 국내에 여러 번역본이 있다.
169 국내 제목은 《시라노》 혹은 《시라노 드 베르주라크》다. 코가 아주 큰 주인공이 등장한다.

이 학교의 역할이다. 우리가 읽는 행복을 찾아야 하는 곳은 '다른 곳'이다.

그러나 위대한 고전 작가들은 마술사와 같다. 우리 나이가 몇 살이든, 우리는 존경심을 가득 안고, 감동을 받아 조심스럽게 그들의 책 안으로 들어간다. 천재의 롤러코스터를 타고 내려온 사람들처럼 우리는 머리끝이 곤두서고 행복해져서 다시 한 번 일주할 준비를 하고 거기에서 돌아 나온다. 위대한 문학은 마법의 주문과 같다. 비록 삶을 변화시킬 힘을 갖지는 못한다 해도, 베르메르의 그림처럼 삶을 빛으로 밝혀준다.

그를 유혹하기 위하여

폴 페발, 《꼽추》, 1858

에드몽 로스탕, 《시라노 드 베르주라크》, 1898

그를 설득하기 위하여

기 드 모파상, 《벨아미》, 1885

스탕달, 《파르므의 수도원[170]》, 1839

---

170 오현우 역, 신원문화사, 2005

함께 읽기 위하여

피에르 앙브르와즈 프랑소아 쇼데를로 드 라클로, 《위험한 관계[171]》, 1782

장 포토츠키, 《사라고사에서 발견된 원고[172]》, 1813

 도서 추천

조금 길기는 하지만 고전 반열에 오르고 있는 《토지》(박경리, 마로니에북스)에 도전해보는 것은 어떨까?

---

[171] 국내에 여러 종류의 번역본이 나와 있다

[172] 임왕준 역, 이숲, 2009

Frenchman

읽기 그것은
향유하는 것이다

에로틱 문학에 관하여

단도직입적으로 말하자. 《그레이의 50가지 그림자[173]》의 세계적인 성공 덕분에 분홍색 모피로 테를 두른 수갑, 입마개, 가죽 채찍의 판매가 급증했다. 소설의 성공은 심지어 수십 년 사이에 사라져가던 '팡팡 퀴퀼'(엉덩이 때리기) 판타지 이래, '엄마들의 포르노'라는 새로운 표현을 만들어 냈는데, 그것은 바로 결혼한 여자의 환상을 위한 포르노라는 형식을 띤다. 그렇지만 당신 주위의 남자들을 테스트해보라. 남자들, 그들은 이엘 제임스의 책을 읽지 않았거나 아주 피곤한 날 저녁의 버베나 향기처럼 강렬한, 이런 로맨스를 아주 지겨워한다. 작가의 잘못이 아니라 남자들의 성본능 탓이다. 그들의 성본능은 종종 성욕 때문에 방향을 상실하는

---

173 박은서 역, 시공사, 2012

데, 성욕은 단연코 뇌에서 야기되는 것으로 그 안에서는 환상의 힘 덕분에 모든 일이 가능하다.

그런데 에로틱 문학은 당신의 남자를 주의 깊고 열렬한 독자로 만들 뿐 아니라(그의 품성이 나빠서가 아니다) 당신과 처음 만나던 시기의 연인으로 다시 태어나게 만든다. 그때는 아주 작은 스침만으로도 자극을 받아 머리가 헝클어지고 가슴을 드러낸 채 행복에 겨워 식당의 테이블 위에서 관계를 가졌다. 인정하자, 우리 모두의 숙명을. 세월이 흐르면서 내밀한 우리들 관계는 영국 근위병에게 자연스러움을 기대하는 일처럼 어색하게 변하고, 열정은 컬링의 2부 리그 대회에서 느껴지는 것과 같아진다. 기분 나쁠 일이 아닌데, 프랑스 3채널에서 〈골동품 장사 루이〉를 방영하는 날은 매주 목요일 저녁이지, 더 이상 7월 14일, 특별한 혁명 기념일이 아니다.

부인들이여, 그래도 당신들은 두 개의 요구사항을 따라야 할 것이다. 당신뿐만 아니라 당신의 남자도 매혹될 만한 책을 선택하고 그에게 중력의 법칙에 맞선 신체적 반응을 야기할 구절을 큰 소리로 읽는 것이다. 당신의 주저함을 이해한다. 노골적인 묘사로 가득 찬 관능적인 내용의 책을 크게 소리 내 읽는 상상은 쉬운 게 아니다. 우리가 그런 문제들에 대해 말하지 않도록 만들고 거기, 거기라고 소리치지 않도록 만들고 마는, 정숙함이라는 늙은 동행자 때문이다. 그러면 아폴리네르의 《소년 돈 주앙의 성공담[174]》을 유일한 관객인 당신의 남자 앞에서 읽어라(이 단계에서 다른 다양한 결합이 가능하다는 사실을 굳이 언급하진 않을 것이다). 그에게는 많은 용기가 필요하다.

당신 혼자서 해내라. 큰 소리로 책을 읽는 일은 아이들에게도 그렇듯이 능숙하게 읽는 법을 가르쳐주는 대단한 방법이고, 당신을 위해 내밀함 속에서 신뢰를 형성하는 연습이 될 것이다. 에로틱 문학에 담긴 괴상한 의미를 지우고, 혼과 미묘한 어조를 담아 가능한 가장 잘 말하고자 노력하는 한 권의 책으로서만 대한다.

당신은 준비가 되어 있다. 한 번 더, 부모님 집에 아이들

---

174 국내에 《완역 돈 주앙》, 《1만 1천 번의 채찍질》에 수록된 적이 있으나 현재 모두 절판

을 보내버려라. 당신 아파트의 방음 상태가 안 좋아서 아이들이 몰랐던 어휘들을 익힐 수 있고, 당신에게 교장실 소환 명령이 내려질 수 있다. 중학교 교장이거나 고등학교 교장이거나 그들은 청소년의 법적 보호를 위해 반드시 소환할 것이다. 솔직히 말해 사랑을 나누는 어떤 행위도 사회적 조사를 할 가치는 없다.

사틴 속옷이든 라텍스 속옷이든 조잡한 물건을 가지고 하는 성행위는 뭐든 피하라. 놀라움이 본질적 요소다. 매일 밤 일단 당신의 남자가 잠자리에 들면, 당신의 책을 손에 들고 크고 분명한 목소리로 읽기 시작하라. 외설스럽고 멋진 《카트린 M의 성생활[175]》로 시작하라. 30페이지를 읽을 때까지도 당신의 남자가 당신 품으로 뛰어들지 않는다면, 책을 읽기 시작하기 전에 그가 자신의 아이폰으로 헤비메탈을 듣고 있는지를 재빨리 확인하라. 그것도 아니라면, 헤어져라.

첫 번째 책을 다 읽으면 당신 커플은 활력을 되찾을 것

---

[175] 이세욱 역, 열린책들, 2010

이다. 그러면 상황에 약간 변화를 줘서 서로 돌아가며 읽어라. 당신 둘 가운데 하나라도 불편할 수 있는 것은 피하고, 합의가 된 간결한 책을 택하라. 아나이스 닌의 〈비너스 삼각주[176]〉처럼, 엠마뉘엘 아산의 《엠마뉘엘[177]》이라는 소설은 아주 효과적이다. 프랑스와즈 레의 에로티즘 소설들, 특히 《종이 여자》는 여자들과 남자들에게 똑같은 이미지로 마음을 흔들어 놓는다. 알리나 레의 《정육점 주인》이라는 책은 알래스카에서도 불을 붙일 수 있을 것이다. 조에 부스케의 《검정 노트》는 주요한 작품으로 성욕저하가 있는 경우에 처방이 될 것이 분명하다.

함께 발전하는 과정을 거치면서 당신은 올림픽에서 메달을 받은 테디 리네르[178]만큼 강렬한 느낌으로 다시 지구에서 살아가는 것이다. 당신은 이제 포르노그라피의 경계에 있고 훨씬 노골적인 작품들을 향해 더 멀리 갈 수 있다. 그렇다면 피에르 루이스의 《그 어머니의 세 딸들》, 폴린 레아

---

176 1977년에 발표한 단편 소설
177 문영훈 역, 그책, 2014
178 1989년생 프랑스 유도선수. 엄청난 거구이고 최강의 실력을 갖춘 올림픽 금메달 수상자.

주의 《O 이야기[179]》, 자크 세르긴의 《엉덩이 때리기 예찬》 이 당신을 기다리고 있다. 이 단계에서는 당신의 남자가 당신과 똑같은 열정을 가지고 큰 소리로 책을 읽어야 하고, 당신은 소설들(나머지는 당신 문제다)을 찾아내야 하고, 스무 살 나이 때의 성욕을 되찾는다. 세상이 새로웠고, 여름의 바람결만으로도 당신은 로얄 갈라 사과를 붉게 만들어버릴 열기에 빠져든다.

그것은 당신들 사이의 놀이가 되고, 다른 사람들이 성적 흥분을 일으키려고 포르노를 보듯이, 멋지게 꾸며진 한 페이지를 읽는 것만으로도 당신들은 서로의 품으로 달려들 수 있다. 이제 왼손에 들고 읽던 책의 기슭을 떠나서, 독자이자 사랑에 빠진 사람이 되어 소리 높여 읽은 모든 문학 속에서 발견한 관능의 순간을 추구하고 서로 나누기 위해 출항할 때다. 예를 들어보라고? 에로틱한 힘으로 가득 찬 채 재발견되기를 기다리고 있는 문학 작품들은 무수히 많

---

179 성귀수 역, 문학세계사, 2012

다. 《보바리 부인[180]》의 마차 장면은 욕망의 영광을 기리려고 지은 기념비와 같다. 이때 욕망은 당신을 어디로든 데려가고 채워져야만 하는 것이다. 윌리엄 요르츠버그의 《네버모어》에는 해리 후디니와 아서 코난 도일이 등장하는데 이 탐정 소설에는 의대 인턴에게조차 부담을 주는 한 장이 포함돼 있다. 우리는 비르지니 데팡트와 필립 디앙의 작품에서 그랬듯이 미셸 우엘벡의 에로틱 작품 속 대단한 페이지들에서도 몇 개의 예를 발견한다. 오비디우스의 에로틱한 글들은 2천 년이나 된 오래된 사랑의 기술을 보여준다.

당신은 에로틱한 구절들에 심취되어 있고, 독자로서 그 구절들을 대하며 자주 당황하기도 하지만, 몸이 뒤틀리고 피가 끓어오른다. 당신에게는 아직 가야 할 한 걸음이 남아 있는데, 이제 세상 모든 시가 당신을 향해 나타난다. 큰 소리로 낭송되는 시의 음악성, 언어의 아름다움은 당신을 현혹된 상태로 빠져들게 할 것이다. 모든 모험을 받아들일 준비가 되고, 달콤한 목소리 때문에 풀어지게 되고, 이성

---

180 국내에 여러 번역본이 있다.

을 내려놓고 오직 감각만으로 존재하도록 이끄는 사람에게 유혹당하는 상태. 보들레르의 〈지나가는 여인에게〉를 낭송하라, 엘뤼아르의 〈네 눈의 곡선이〉와 아라공의 〈미치도록 사랑하라〉, 루이즈 라베의 〈나는 살아 있다, 나는 죽는다〉를 낭송하라. 당신은 금세 깃털 이불 아래서 사랑을 나누거나 식당의 테이블에서 서로에게 완전히 몰두하게 될 것이다.

여기에 어떤 이미지도 견줄 수 없는 문학의 힘이 있다. 상대와 아름다움을 음미하면서, 오직 당신들 둘만이 있는 곳으로 당신을 데려가준다.

그를 유혹하기 위하여

카트린 밀레, 《카트린 M의 성생활》, 2001

마리오 바르가스 요사, 《새엄마 찬양[181]》, 1990

그를 설득하기 위하여

기욤 아폴리네르, 《소녀 돈 주앙의 성공담》

181 송병선 역, 문학동네, 2010

존 클리랜드, 《패니 힐, 매춘부의 회상》

함께 읽기 위하여

마티아스와 장 자크 포베르, 《성교에 관한 선집》, 1997

프랑소아즈 레, 《종이 부인》, 1989

 도서 추천

지금이 고인이 된 마광수 작가의 도서나 《미실》(김별아, 해냄)
이 성애 장면을 자세히 묘사하고 있다.

빚을 갚다, 전달하다

Frenchman

나를 책 읽는 사람으로 만든 이 여인을 만나지 않았다면 나는 이 책을 쓰지 못했을 것이다. 바로 나의 어머니. 어머니는 늘 책을 읽었고 지금도 많이 읽는다. 모든 사람들이 공산주의자 부모한테서 태어나는 행운을 누리지는 못한다. 어머니는 활동가였다. 어머니는 카페 마르탱의 출납 보조원으로 열여섯 살부터 일하기 시작했고, 거의 비슷한 시기에 활동을 시작했다. 그 시기에 공산당은 교육을 대단히 중요시했고, 어린 시절부터 책을 읽어온 어머니는 졸라, 발자크, 고리키, 도스토예프스키, 아라공, 마야코프스키의 전집을 샀다. 전부 페세에프(parti communiste français, 프랑스 공산당) 출판사에서 나온 것들이다.

　나는 책에 둘러싸여 자랐다. 내가 책을 읽게 되자마자

어머니는 결코 내 손과 머리를 비워두지 않았고 피어나는 내 열정을 키워주려고 애썼다. 아버지는 어머니보다 덜 읽는 편이었고, 장난감을 손에 넣으려면 여러 달을 계속 아버지를 졸라야 했지만(결국 내 생일까지 미뤄진다), 책은 흔쾌히 사줬다. 부모님이 나를, 지금의 나, 책을 읽는 사람으로 만들었다. 어머니는 내가 자라나는 과정에 따라 제안을 달리하면서 함께 독서를 했다. 나는 아직도 어머니가 내 나이 여덟 살에 준, 삽화가 곁들여진 《삼총사》를 기억한다. 나는 그 책이 너덜너덜해질 때까지 여러 해 동안 간직했다. 나는 고물상이나 중고서점에서 같은 책을 찾았지만 다시 구하지 못했다. 그 다음에 어머니가 내게 준 책은 쥘 베른, 미셸 제바코, 고티에의 《프라카스 장군》, 월터 스콧이었다.

사춘기가 되자 어머니는 어느 날, 우리 모두 결단을 내릴 필요가 있다는 사실을 알았다. 도서관의 성인 서적 구역에 나를 놓아줬고 더 이상 내가 읽는 것을 통제하지 않았다. 하지만 내가 열다섯 살 때 졸라를 발견하게 된 것은 순전히 어머니 덕분인데, 어머니가 내게 〈루공마카르〉 총서 20권 전부를 읽게 했다[182]. 지금은 내가 어머니에게 책을 가져다주지만, 어머니의 역할에 비할 수는 없다. 어머니는 내가 어머니에게 조언을 드릴 만큼, 어머니보다 더 현명한 독자가 되었다고 생각하는 것 같다. 그것이 나를 조용히 웃게 만든다. 나는 어머니를 넘어선 것처럼 보이려고 애쓸 뿐이다. 그렇지 않으면 어머니가 실망하실 것이기에.

이모는 대화 가운데 언제나 슬며시 책 이야기로 나를 끌어갔다. 청소년 시절에 얼마나 자주, 이모가 예찬한 소설을 한 권 주머니에 넣고 집으로 돌아왔는지 모른다. 이모 덕분에 《밤 끝으로의 여행[183]》, 《아주 긴 일요일의 약혼[184]》을 읽었고, 이어 폴 오스터를 알게 되었다. 이모에게 나는 아무 말이나 털어놓을 수 있었고, 아무 말도 하지 않고 아나이스 닌의 《작은 새들[185]》을 빌렸다. 누구도 내게 그런 포르노 색채가 강한 작품을 읽도록 허락해주지 않았을 것이다.

이후에도 내게는 여러 문학 교사들이 있었는데, 그들 자

---

182 에밀 졸라가 1871년부터 1893년까지 발간한 총 20권짜리의 이야기인데 국내에서는 총서가 아니라 각각의 소설이 다른 출판사에 의해 출간돼 있다.

183 이형식 역, 동문선, 2004

184 김민정 역, 문학세계사, 2005

185 《에로티카》란 제목으로 국내 출간됐으나 현재 절판

신은 결코 그 사실을 알지 못했다. 내가 샤토브리앙을 알게 된 것은 위고 덕분이었고, 로스 토마스와 존 크로스비를 읽은 것은 망셰트 덕분이었다. 만켈은 나를 스티그 라르손으로 이끌었고, 라르손은 라크베리로 향하게 만들었다. 내가 처음 서점 일을 시작하도록 해준 마리 테레즈 카스파르가 없었다면 셀마 라겔뢰프를 읽지 않았을 것이고, 어느 날 내 가슴을 터지게 만들고 숨 막히게 만든 《롤 베 스타인의 환희[186]》를 사서 내게 준 고객을 만나지도 못했을 것이다. 난 지금도 이 책을 자주 언급한다. 〈세리 느와르〉 선집을 읽도록 나를 이끈 파트릭 레이날이 없었다면, 나는 제임스 크럼리, 롤로 디에즈, 장 클로드 이쪼, 코맥 매카시를 전혀 몰랐을 것이다. 프랑수아 게리프가 없었다면, 내 세계를 뒤집어엎은 제임스 엘로이를 몰랐을 것이고, 데니스 르헤인, 제임스 카를로스 블레이크와 엄청난 작가인 데이비드 피스도 몰랐을 것이다.

우리는 우리를 책의 길로 보내준 사람들에게 신세를 지고 있다. 우리의 빚을 갚는 유일한 방법은 우리의 순서가 되면, 다른 사람들에게 책읽기라는 신비로운 부적을 주는 것이다.

---

186 남수인 역, 지만지, 2015

받고, 전달해주기. 책을 읽는 법을 배우고, 읽게 만들기.

　나는 딸이 둘 있다. 한 아이는 엄청나게 읽는데, 분명 내가 그 아이 나이에 읽던 것보다 훨씬 더 읽는다. 나는 사람들이 내게 건넨 것을 그 아이에게 전해주려고 노력한다. 내가 좋아하던 책을 전해주고, 내게 깊은 감동을 준 작가들을 발견하게 해주려고 애쓴다. 딸은 어떤 것은 받아들이고 어떤 것은 받아들이지 않는다. 전달해주는 것, 그것은 또한 당신 눈앞에서 문이 쾅 닫히는 것을 받아들이는 일이기도 하다. 다른 딸 아이는 책읽기에 빠져들지 않겠다고 잠정적인 결정을 내렸다. 하지만 아이는 과학과 동물에 열정적으로 빠져 있고, 자신이 어디로 가야 하는지를 폭넓게 이해하고 있다. 그 아이가 좋아하는 책은 지오노의 《나무를 심는 사람》이다. 아이는 틀림없이 그 책을 스무 번은 읽었다. 지난 해 휴가를 떠났을 때 그 아이는 에메릭 카롱의 《反동물차별주의》의 끝부분을 읽고 있었는데 그것은 동물의 권리를 지키는 방식을 다룬 두꺼운 책으로 읽기 쉬운 것이 아니다. 나는 아들이 하나 있다. 아이는 이제 두 살 반이다. 나는 아이를 매일 보지는 못한다. 하지만 아이가 깨어 있으면, 우리는 같이 읽는다. 아이는 벌써 좋아하는 자기만의 책이 있다. 《뤼탱에 관한 거의 모든 진실》이라는 제목의 책으로, 독창적이고 웃음이 나오는 그림 동화집이다. 아이가 잠들기 싫을 때는 몇 시간이고 그 책을 읽자고 요구한다. 읽고 또 읽어야 한다. 아이들은 새로움을 낯설어하는 습관의 존재들이다. 아이들이 자라는 동안, 아이들의 요구 때문에 어떤 책들은 천 번을 넘게 읽어줘야 해서, 보기만 해도 가벼운 구토가 일어날 정도다.

그러고 나면 내 삶을 공유하는 여인이 있다. 그녀는 우리 아파트를 프랑스 국립 도서관의 별관으로 바꿔놓았다. 거실 사방에 책더미가 쌓여 있고 선반도 무너질 듯이 책으로 가득하다. 그녀는 자살한 작가, 약물중독이었던 작가, 낙오자, 1980년과 1996년 사이, 즉 공포의 시기에 에이즈로 죽은 작가를 좋아한다. 프랑스 작가들은 사소한 어떤 것을 우아하게 말한다. 비트 제너레이션, 광인들, 빌라마타스, 에스에프물, 포스트 아포칼립스 소설들. 간단히 말해서 거의 대부분 내가 좋아하는 종류가 아니다(우리는 스티븐 킹과 몇몇 작가에 대한 호감을 공유하긴 한다). 하지만 둘이 나란히 소파에 앉아 책을 읽을 때면, 단지 서로 미소를 나누기 위해서만 눈을 들고, 그녀는 손에 맥주를 나는 포도주 잔을 들고 각자 읽기에 빠진다. 나는 그게 바로 내 자리라는 것을 알고 행복하다.

나에게는 일 이야기를 하려고 만났다가 책 이야기로 빠져버리는 친구들이 몇 있다. 나는 그들의 멋진 조언에 흥분한 채 귀를 기울인다. 내게는 나보다 책을 덜 읽거나 조금밖에 읽지 않는 다른 친구도 있는데, 그들이 곁에 둔 소설에 큰 관심을 보이면, 나는 그 책을 다 읽기를 원하면서 빠져든다. 그와 같이한 덕분에 나는 우리에게 기대를 품게 하는 작가, 실뱅 파티유를 발견했다. 내게는 또 책을 읽지 않는 친구도 있는데 가끔 그들이 내가 좋아하는 소설에 관심을 보이는 경우가 있다. 이를테면 지난 몇 년 사이에 나온 가장 위대한 책 가운데 하나인, 하우메 카브레의 《나는 고백한다[187]》와 같은 소설이 그렇다. 나는 친구들에게 그 소설을 말한다. 그 친구들이 읽을지는 모르겠으나, 무슨 상관이란 말인가! 그들 역시 조금은 책의 마법에 흔들릴 것이다. 만약 이 책을 읽고 조금이라도 도움을 얻었다면, 부인

---

187 국내 출간 예정, 원제는 Jo Confesso

들이여, 당신은 당신의 남자를 책을 읽는 사람으로 만드는 일에 성공할 것이고, 나는 부분적으로나마 빚을 갚게 될 것이다. 이것은 결코 제로섬 게임이 아니기 때문이다. 바깥에는 언제나 찾아내야 하는 걸작이 있고, 당신에게 그 걸작을 권할 벗이 있고, 그것을 건네주는 다른 사람이 있다.

어머니 덕분에 알게 된 세 권의 책

에릭 오르세나, 《식민지 전시회》, 1988

조르주 심농, 《비세트르 병원의 고리들》, 1963

에밀 졸라, 《여인들의 행복백화점[188]》, 1883

딸들 덕분에 읽게 된 세 권의 책

에메릭 카롱, 《反동물차별주의: 인간 동물 자연을 화해시키기》, 2016

루타 서페티스, 《회색 세상에서[189]》

야코브 베겔리우스, 《샐리 존스의 전설[190]》

---

188 박명숙 역, 시공사, 2012
189 오숙은 역, 문학동네, 2013
190 박동대 역, 산하, 2016

위로에 대한 우리의 필요

읽는다는 것이 의무는 아니다. 그렇다, 당신이 어떤 노력을 해도 당신의 남자는 여전히 텔레비전 시리즈물을 더 좋아한다. 참을성 많은 당신이 계속 그에게 주는 책을 그가 펼치지 않는다고 해도, 큰 문제는 아니다. 그는 당신을 사랑하고 온화하고 주의 깊고 올곧다. 그와 함께 하는 삶은 여전히 놀랍고 즐겁고 만족스럽다. 그는 폭풍우에도 굴하지 않고, 언제나 당신 곁에서 오른쪽에서도 왼쪽에서도 당신을 지키면서, 바위처럼 의연하게 험한 상황에 맞선다. 그는 당신 인생의 남자이고, 당신이 기다려온 사람이고, 왕자도 아니고 매혹적인 사람도 아닌 평범한 취향을 가졌다. 그는 어떤 이상한 옷도 입지 않고, 듣기 싫은 작은 목소리로 후렴구를 반복하면서 다람쥐와 토끼에 둘러싸여 동요를 부르지도 않는다. 그는 책을 읽지는 않지만 당신을 사랑하고 그 사실을 보여주고 증명한다. 페나크가 《소설처럼》에서 쓴 것처럼 읽지 않을 권리까지도 독자의 권리다.

그러니 그를 있는 그대로 사랑하라. 하지만 때때로 행운을 붙잡아라. 여전히 그를 유혹할 수 있고 여지를 만들어낼 수 있는 다른 소설이 있다. 그의 흥미를 끄는 만화, 에세이, 논픽션, 역사책, 모든 것이 불씨를 일으킬 수 있다.

읽는 게 의무이기 때문은 아니다. 문명과 계몽, 야만과 어리석음이 있기 때문도 아니다. 지성은 조화롭게 공유되기 마련이고, 나는 식사 때 내 옆자리에 앉는 것조차 싫은 위대한 독서가를 알고 있다. 반면 아무것도 읽지 않는 몇몇과 함께 휴가를 가기도 할 것이다.

그렇다. 책을 읽는 일은 결코 고립되는 것이 아니다. 책을 읽는 일은 대개는 죽은 사람들이지만 간혹 살아 있는 사람들로서 좋은 취향을 가진, 그리고 어떤 경우에든 침묵하는 가깝고 내밀한 친구를 만나는 일이다. 읽는다는 것은 상파울루, 부에노스 아이레스, 광동, 동경, 파리, 울란바토르, 뉴욕, 사마르칸트에 초대받는 일이다. 책을 읽는 일은 한 시간의 독서로 다 해소되는 슬픔은 없다는 사실을 깨닫는 일이기도 하다. (몽테스키외, 그는 조금 과장했다(몽테스키에는 다음과 같이 썼다. "공부는 내게 인생의 환멸에 대한 궁극의 치료제였다. 한 시간의 독서로 풀리지 않을 슬픔은 결코 없었다.") 읽는 일은 기쁨, 즐거움, 행복, 유쾌함 속에서 함께하는 것이고, 동시에 수고, 애도, 고통, 불행 속에서도 함께하는 일이다.

나는 2015년 11월 13일을 기억한다[191]. 연달아 나오는 뉴스를 접하며 충격에 빠졌다. 내 친구들은 아무것도 모른 채, 프랑스와 독일의 축구 경기가 열린 스타드 드 프랑스에 있었다. 우리들 대부분이 그랬던 것처럼, 테러가 있던 그 주말 내내 나는 트위터에 사진과 호소의 글을 리트윗하면서 보냈다. 그 주말에 나는 단 한 권의 책도 펼치지 않았다. 월요일 낮에 나는 우리 모두가 살아주기를 희망했던, 부상을 당한 채 쇼크를 입은 소녀의 죽음에 대해 들었다. 나는 모든 화면을 차단하고 전화기를 끄고 사무실 문을 닫고 책을 집어 들었다. 공포가 사라질 때까지, 작가가 내게 들려주는 이야기들(위대한 피터 헬러의 《도그 스타[192]》라는 책

191 IS가 파리에서 동시다발 테러를 일으킨 날.
192 이진 역, 문학동네, 2016

이었다)이 나를 다른 곳으로 데려가줄 때까지, 죽음과 피에서 나를 분리시키고, 그것들을 잊게 될 때까지 계속 읽었다. 나는 마침내 내가 알지는 못하지만 나를 아프게 만든, 살해당한 사람들이 아닌, 다른 무엇에 대해, 아무런 수치심도 느끼지 않고 울 수 있는 한 구절을 발견할 때까지 읽었다. 책읽기는 할아버지, 친척 아주머니, 가까운 친구들의 죽음을 맞아 그랬던 것처럼 내가 바닥을 치지 않도록, 우울에 잠겨버리지 않도록 돕는다. 나는 이제 결혼식보다 장례식에 더 많이 가는 나이가 되었다. 장례식에 참석한 이후에 나는 언제나 한 권의 책을 가지고 다닌다.

다른 사람들에게는 다른 치료법이 있다고 생각한다. 술, 섹스, 음악, 〈가나의 혼인 잔치〉라는 그림 앞에 서서 우는 사람처럼, 루브르의 그림 앞에서 시간을 보내는 것처럼. 나는 오직 하나의 치료법을 알고 있는데, 바로 책 읽기다. 읽는다는 것은 우리가 사랑한 사람들에 관한 소중한 추억을 허무와 떼어놓기 위한 것이고, 죽음을 넘어서기 위한 것, 살아가고 지속하기 위한 것이다.

바로 그렇다. 이 책을 쓴 심오한 이유가 여기 있다. 책을 읽는 사람은 결코 혼자가 아니라는 엄청난 행운을 나누기 위한 것이다. 언제나 누군가 우리 어깨에 손을 얹고 있고, 그들의 품안에 나를 안아주는 행운 말이다. 나의 가장 좋은 친구인 책은 내게 깊은 감동을 주었고, 나는 언제나 그 책을 향해 돌아간다. 내가 이미 언급한 책들과 또 다른 책들이 있다. 라몬 센데르의《스페인 농부를 위한 진혼곡》, 망셰트의 《연대기》, 로빈 쿡의《램》, 모디아노의《슬픈 빌라[193]》, 줄리앙 그라크의《좁은 물길》, 클라로의《코스모즈》, 세풀베다의 《투우사의 이름[194]》……. 코르토 말테즈와 여행을 함께하면 나는 결코 슬픔에 오래 빠져 지내지 않는다. 내가 속속들이 알고 있는《아스테릭스 코르시카에 가다[195]》와 같은 책을 읽으면 어떤 고통도 사라진다. 자주《뤼브릭 아 브릭[196]》을 보면서 많은 슬픔을 달랬다.

"위로를 원하는 우리의 필요는 충족이 불가능하다."(스티그 다게르만의 숭고한 책의 제목이기도 하다. 그는 이 책을 쓰고 결국 자살했다.) 나도 결국 확실히는 모른다. 책을 읽는

---

193 신현숙 역, 책세상, 2001
194 국내에서《귀향》이란 제목으로 출간되었으나 현재는 절판
195 국내에서《아스테릭스 21》이란 제목으로 출간되었으나 현재는 절판
196 유머러스한 만화 시리즈

행운을 받은 사람들도 다른 사람들처럼 괴로워하고 눈물 흘린다. 하지만 그들은 단 몇 분에 불과하더라도, 어떻게든 고통에서 빠져 나올 수 있다. 나는 결국 그런 식으로 살아 왔다.

부인들이여, 당신의 남자가 책을 읽는다면, 당신 덕분에, 당신의 끈기와 열의 덕분에, 그는 더 강하게, 더 잘 대처하고, 결국 이 삶을 건너갈 수 있다. 태어나면서 죽을 때까지 우리를 이끄는 삶, 예측불가하게 제멋대로인 요요처럼 극단의 기쁨과 극단의 고통을 오가는 삶을 말이다. 바로 그렇다. 책을 읽게 하라. 그것뿐이다. 사랑의 행위 자체다.

내가 말한 책들은 아마 내가 유배당한다 해도 가져갈 것들이다. 나는 책들을 소중히 여기면서 다시 읽는다. 책들은 내 가장 좋은 친구들이고, 난파 이후에도, 결별 이후에도, 시간이 흐른 이후에도 살아남을 것이다.

러셀 뱅크스, 《달콤한 내세[197]》, 1993

---

197 박아람 역, 민음사, 2009, 현재 절판

루이 페르디낭 셀린, 《밤 끝으로의 여행》, 1932

로빈 쿡, 《램》, 1993

알렉상드르 뒤마, 《브라즐론 자작》, 1847

마르그리트 뒤라스, 《롤 베 스타인의 환희》, 1964

귀스타브 플로베르, 《보바리 부인》, 1857

장 지오노, 《여흥을 모르는 왕》, 1947

르네 고시니, 알베르 우데르조, 《아스테릭스 코르시카에
가다》, 1973

체사레 파베세, 《피곤한 노동[198]》, 1969

윌리엄 셰익스피어, 《햄릿》

---

198 김운찬 역, 문학동네, 2014